문득

지적이고 싶을 때

꺼내 읽는
인문고전

유나경 지음

모들북스

문득 지적이고 싶을 때 꺼내 읽는 인문고전

지은이 유나경

편집 디자인 심현솔

펴낸곳 모들북스

1판 1쇄 찍은 날 2022년 11월 25일

1판 1쇄 펴낸 날 2022년 12월 1일

출판등록 2017년 5월 2일 제 504-2017-000003호

주소 포항시 남구 유강길 28

전자우편 dbskrud0103@naver.com

전화번호 054 - 253 - 8004

ISBN 979-11-964895-2-6 (03000)

문득
지적이고 싶을 때
꺼내 읽는
인문고전

목차

프롤로그

인문고전으로 세상을 읽다

1부 국가와 사상이 뿌리내린 시대

소크라테스의 변론

플라톤 | 국가론

아리스토텔레스 | 니코마코스 윤리학

2부 인문의 시대

니콜로 마키아벨리 | 군주론 - 1513

토마스 모어 | 유토피아 - 1556

미구엘 데 세르반테스 | 돈키호테 - 1604

토마스 홉스 | 리바이어던 - 1651

너대니얼 호손 | 주홍글씨 - 1850

3부 새로운 변혁의 시대

장 자크 루소 | 인간불평등기원론 - 1762

장 자크 루소 | 사회계약론 - 1762

애덤 스미스 | 국부론 - 1776

찰스 디킨슨 | 올리버 트위스트 - 1838

존 스튜어트 밀 | 자유론 - 1859

표드르 도스트예프스키 | 죄와벌 - 1866

4부 이념과 갈등의 시대

칼 마르크스 | 자본론 - 1867

막심 고리끼 | 어머니 - 1906

마크 트웨인 | 허클베리핀의 모험 - 1885

5부 실존의 시대

요한 볼프강 폰 괴테 | 파우스트 - 1808

프리드리히 니체 | 짜라투스트라는 이렇게 말했다 - 1883

알베르 카뮈 | 이방인 - 1942

프롤로그 | 인문고전으로 세상을 읽다.

문득 지적이고 싶은 어느 날, 인문학적 소양을 얻기 위해 인문고전을 들춰 보지만, 앞 페이지 몇 장을 넘기기도 쉽지 않죠. 왜 그럴까요? 일단 고전 텍스트 자체를 읽어내기가 어렵기 때문이에요. 대부분 외국 도서이다 보니 번역된 용어들도 많아 어렵죠. 하지만 진짜 근본적인 이유는 고전 인문을 둘러싼 배경지식이 없기 때문입니다. 고전 인문은 인문학적 배경지식을 좀 알아야 흥미가 생기는 책입니다. 인문 고전이 쓰이던 당시의 시대 배경이나 흐름을 알고 있다면 얘기가 좀 달라져요. 기본 배경지식이 있는 경우엔 어려운 인문고전이 잘 읽히고 이해도 잘 되는 경험을 하게 됩니다. 결국 고전을 읽어내려면 역사나 철학에 배경지식이 반드시 필요하다는 거죠.

인문학을 이해하게 되면 통찰력이 생긴다고 하죠. 통찰력이란 어떤 사물이나 현상을 꿰뚫어 보는 겁니다. 꿰뚫는다는 건 앞에서 뒤까지 전체를 다 본다는 말이에요. 인문학으로 길러지는 통찰력이란 세상에서 일어난 현상을 일부분이 아니라 앞뒤의 흐름을 전체적으로 파악한다는 뜻이기도 합니다. 그러니 시대의 흐름을 파악하지 않고 텍스트로만 접근하면 읽기 어려울 뿐 아니라 무슨 의미를 가지고 있는지 제대로 이해하기 어려워요.

고전인문 읽기는 역사와 함께 철학과 문학이 어떻게 함께 흘러갔는지를 통합적으로 접근해야 합니다. 고전 한 권으로는 인문학을 제대로 알 수 없어요. 시대의 앞뒤 흐름을 함께 파악해야 인문고전의 가치가 제대로 보이기 시작하거든요. 그러니 그동안 인문고전이 재미없었던 건 당연한 일이었던 거죠.

인문학은 인간이 수 천 년을 걸어온 길에 만들어 놓은 결과물입니다. 그렇기 때문에 그 길에 무엇이 있었는지를 알아야 합니다. 마치 누군가를 사랑하기 위해선 그의 가족이나 친구 그리고 그가 살아온 환경을 알아야 하는 것처럼 말이에요.

'소크라테스의 변론'을 제대로 읽기 위해선 고대 그리스 상황에 대한 이해가 있어야 합니다. 아주 전문적인 역사 지식은 아니어도 대략적인 시대 흐름 정도는 알아야 해요. 게다가 역사는 인문 고전 읽기가 아니어도 필요한 기본 인문 지식입니다. 많은 학자가 역사를 배우면 폭넓은 시야를 얻을 수 있다고 말합니다. 역사를 안다는 건 내가 살고 있는 세상을 이해하는 일이기도 하니까요.

인류는 지구상에서 신석기 이후 문명을 이루며 살아가면서 많은 변화와 진화를 거듭합니다. 그렇다면 인류는 어떤 길을 걸어왔을까요? 인류의 역사를 큰 흐름으로 훑고 지나가는 건 생각보다 중요합니다. 동 · 서양을 막론하고 인류가 걸어 온 길은 비슷합니다.

가장 먼저 국가의 초기 단계입니다. 인류는 국가라는 형태를 이루어 살기 시작하면서 사회를 유지하기 위한 법률을 만들고 권력과 부가 생기면서 계층이 분화됩니다. 그리고 가장 중요한 나라를 이끌기 위해 필요한 정신적인 힘이 등장하기 시작합니다. 원시부족에서부터 시작된 정신적인 힘은 종교로 이어져 세상을 지배하는 한 축이 되죠. 더불어 이상적인 형태의 사상들이 등장하기 시작합니다. 동양에서는 공자를 비롯한 사상가들이, 서양에서는 소크라테스를 비롯한 사상가들이 여러 근원적인 것들에 대해 질문을 던집니다.

사실 이 질문에 대한 답은 21세기인 지금까지도 이어지고 있죠. 우리는 어디에서 와서 어디로 가는 것일까? 인간에게 영혼은 있는 것일까? 사후세계는 있는 걸까? 우리는 지금 여기서 무엇을 하고 있는 것일까? 어떻게 하면 행복하게 삶을 영위할 수 있을까? 어떻게 살아야 잘 사는 것일까? 등등 말이에요. 아무튼 이런 근본적인 질문에 대한 끊임없는 탐구야말로 인문학의 길이었고, 인문학은 이런 질문들 위에서 꽃피운 생각들이었습니다.

인류는 국가를 이루고는 끊임없이 전쟁을 벌여요. 전쟁의 시작은 더 살기 좋은 땅을 차지하기 위한 것에서 시작되었지만, 동시에 새로운 지역에 대한 탐험이자 경험이기도 했죠. 인류의 걸음은 새로운 땅에 대한 열망으로 이어졌고, 인류는 대항해시대를 맞이하여 새로운 시작을 맞이하게 됩니다. 대항해시대의 바탕에는 과학 기술의 발전이 있었고, 이는 산업혁명이라는 비약적인 발전으로 이어져 물질문명의 시대로 나아가게 했습니다.

산업혁명은 부의 분배와 더불어 계층의 불평등을 더욱 심화시켰고 결국 갈등이 시작되었습니다. 계층의 갈등은 이념의 갈등으로 확산되었고, 세계는 냉전의 시대로 접어들게 되죠. 20세기 중반을 넘어서면서 자본의 이익은 극대화되었고, 금융의 시대가 탄생하게 됩니다. 정보통신기술은 더욱 발전하였고, 21세기가 되자 인류는 인터넷망으로 연결되는 새로운 시대를 맞이하죠.

이렇게 역사의 흐름을 알면 알수록 더 재미있고 쉬워지는 게 고전 인문이에요. 인문 고전을 읽기 전에 시대적 상황이나 역사적 배경을 먼저 알게 되면 어려운 텍스트가 조금씩 머리에 들어오기 시작하죠. 마치 답답한 방 안에 있다가 창문을 열었을 때 느껴지는 맑은 공기처럼 머릿속이 시원해지면서 흥미가 생긴답니다.

이 책은 역사와 사상을 아우르는 배경 지식을 통해 인문고전을 쉽게 이해할 수 있게 만들었습니다. 먼저 1부 국가와 사상이 뿌리내린 시대를 시작으로, 2부 인문의 시대, 3부 새로운 변혁의 시대, 4부 이념과 갈등의 시대 그리고 5부 실존의 시대로 구성하여, 인문고전의 흐름을 알 수 있도록 했습니다. 먼저 본문 첫머리에는 당시 시대적 상황이나 저자에 대한 내용을 다루었고, 그 다음 텍스트 포인트 읽기에서는 핵심 내용이나 중요 개념과 함께 이후에는 어떤 사상이나 사건에 영향을 주었는지를 풀어냈습니다. 마지막으로 질문 꺼내 읽기를 통해 조금 더 생각해보는 시간을 가질 수 있도록 만들었습니다.

또, 문학작품은 시대적 정확성보다는 인문고전과의 연결성에 중점을 두어 배치하였습니다. 예를 들어, 산업혁명 이후 대두된 경제학 책인 아담 스미스의 '국부론' 다음에는, 산업발달로 인해 생긴 영국의 빈민구제 문제들을 다룬 '올리버 트위스트'를 다루어서 흐름이 연결되도록 구성했습니다. 이런 구성은 인문학의 흐름을 이해하는 데 더욱 도움이 될 겁니다. 부디 의미 있는 시간이 되길 진심으로 바랍니다.

1부

국가와 사상이 뿌리내린 시대

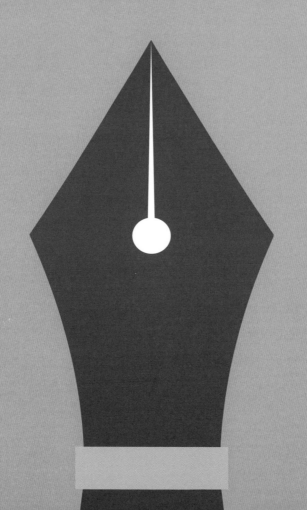

01

소크라테스의 변론

문명의 시작

　인류는 빙하기가 끝나자 더 이상 옮겨 다니지 않고 모여 살기 시작했습니다. 혹독한 추위가 가시자 땅에서 식물이 자라고 기후가 온난해졌기 때문이죠. 이때부터 인간들은 신석기 시대로 접어들었고, 드디어 문명을 일으키기 시작합니다. 문명이란 무엇을 말하는 걸까요? 문명은 영어로 civilization입니다. 시민을 뜻하는 civil이 들어간 이 단어는 시민이 함께 살았던 도시를 뜻하죠. 다시 말해 문명이란 인간들이 모여 살았던 건축물이나 구조물이 있는 도시 형태를 말합니다.

　우리가 4대 문명을 비롯해 잉카나 아즈카를 문명이라고 부르는 이유는 그곳에 도시 형태의 유적들이 남아 있기 때문인 거죠. 신전도 있고 무덤도 있고 목욕탕도 있고 수로까지 있는 도시 말입니다. 도시의 규모는 점점 커졌고 그렇게 도시는 국가가 되었죠. 그렇게 거대해진 국가를 유지하기 위해 지배층이 생기면서 신분의 차이가 만들어집니다. 또 영역을 넓히기 위해 전쟁을 벌이고 그로 인해 생긴 전쟁포로들을 노예로 만들면서 노예제도가 시작되었고요.

소크라테스가 살던 그리스 아테네는 바로 국가라는 형태가 생겼던 초기 도시 국가 시대입니다. 세계적으로 4대 문명이 시작된 것은 기원전 3000년경을 기준으로 보는데요. 초기 문명에서 벗어나 국가 형태를 갖춘 것은 동서양을 막론하고 기원전 1500년경 기준입니다. 거의 모든 지역에서 문명 초기의 국가형태는 작은 도시국가부터 시작했어요. 그러다 기원전 800년경을 기준으로는 일종의 조직적인 체계를 갖춘 통일 국가형태를 이루게 됩니다.

아시아의 황허문명은 기원전 3000년경을 기준으로 잡지만 국가를 이룬 걸로 보는 주나라는 기원전 1200년경이에요. 그리고 공자가 살던 춘추전국시대가 바로 유럽에서는 소크라테스가 살던 그리스 폴리스 시대입니다. 한편 인도에서는 기원전 3000년경에 인더스 문명이 시작되고 기원전 1500년경에 아리아인이 인더스강으로 내려오면서 카스트제도를 바탕으로 한 초기 국가 형태를 이루게 됩니다.

그리스 폴리스의 시작

소크라테스를 알기 위해선 고대 그리스의 폴리스들을 먼저 살펴봐야 해요. 우리가 여행을 하려면 그 지역의 지리를 먼저 익히는 게 여행에 도움이 되듯 역사를 잘 이해하려면 지리와 연결 지어 살펴봐야 합니다. 그리스는 그리스의 척추라 불리는 핀도스산맥이 남북으로 길게 이어져 있어서 산악지형이 많은 곳인데요. 이런 지형은 외부의 공격을 방어하기에 최적이긴 했지만 하나로 통일된 국가가 되는 데는 좋지 않은 환경이었죠. 기원전 750년경 통일국가가 아닌 그리스 폴리스라 불리는 작은 도시국가가 먼저 생기게 된 이유이기도 해요.

하지만 이런 지형 덕에 각각의 폴리스는 독립적인 성격을 띠게 됩니다. 그리스 폴리스 중에 소크라테스가 살던 아테네는 민주정치를 실현한 도시국가로 정치와 국가에 대한 철학이 시작된 곳인데요. 국가가 생기면서 체계를 잘 만들기 위한 고민을 하게 되었던 거죠. 또 많은 사람이 모여 살면서 생기는 갈등으로 인한 문제도 늘어났는데요. 이런 과정을 지나면서 사람들은 좀 더 나은 생각과 사고에 대한 열망이 생기게 됩니다. 이런 열망들이 철학 또는 사상이라는 형태로 발전하게 되는데요. 우연이라고 하기엔 정말 재미있게도 기원전 5세기를 기준으로 서양에서는 소크라테스, 동양에서는 공자 그리고 인도에서는 석가모니가 등장했다는 건데요. 성인이라 불리는 인물들이 비슷한 시기에 등장한 이유는 국가라는 형태가 제대로 갖추어지면서 체제를 유지하기 위한 사상의 기틀도 필요했기 때문이었죠.

소크라테스가 살던 그리스 시대 상황

고대 그리스는 본토에만 100여 개가 넘는 폴리스가 있었어요. 정말 많은 폴리스가 있었죠? 그리스는 동쪽으로는 페르시아가 서쪽으로는 로마가 공화정 시대를 열었죠. 이런 상황이라면 그리스는 다른 국가의 침략 위협을 느꼈겠죠. 그래서 그리스의 폴리스들은 연합을 이룹니다. 그게 바로 델로스 동맹과 펠로폰네소스 동맹이에요. 정리하면 가장 번영한 도시국가를 중심으로 나뉘었는데요. 아테네 폴리스를 중심으로 뭉친 델로스 동맹과 스파르타를 중심으로 뭉친 펠레폰네소스 동맹이에요. 결국 이 두 동맹은 패권을 두고 전쟁을 벌이게 되고 결국 스파르타가 승리하게 됩니다. 소크라테스도 이 전쟁 초기에 보병으로 전쟁에 참여하게 되죠.

고대 그리스의 정치 형태는 왕이 다스리는 왕권정치였다가 집정관을 두고 귀족들이 다스리는 귀족정치로 바뀌었죠. 그러다 기원전 594년에 그리스의 유명한 정치가 솔론이 개혁을 했는데요. 솔론은 시민들의 신분을 사유재산에 따라 4계급으로 나누었고, 돈이 많은 사람이 높은 신분이 되는 금권정치를 했답니다.

솔론이 죽자 무력으로 권력을 잡은 참주가 등장합니다. 이후 그리스 민주정치의 기초를 세운 클레이스테네스가 기원전 510년에 참주를 몰아내죠. 이때 유명한 도편 추방제가 실시됩니다. 도편 추방제는 민회에서 도자기 조각에 참주가 될 사람의 이름을 적어 그 수가 6,000표를 넘으면 10년 동안 아테네에서 추방하는 제도입니다. 여기서 짚고 넘어가야 할 건 민주 정치의 시작이라는 그리스 민회에서 투표를 할 수 있는 사람은 18세 이상의 성인 남자만 해당되었다는 점이에요. 인류 역사상 전쟁이 시작되고 노예가 생긴 이후 여자와 노예는 정치에 참여할 수 없었답니다.

소크라테스가 활동하던 당시의 아테네는 이미 민주정치가 시작된 시대였어요. 아테네 폴리스는 기원전 431년부터 404년까지 27년 동안 이어진 펠레폰네소스 전쟁에서 스파르타에게 패한 이후 기원전 404년에 30인 참주 정치가 다시 등장합니다. 하지만 바로 다음 해 기원전 403년에 다시 민주정이 회복되죠. 소크라테스는 민주정이 회복한 지 5

년 후에 죽게 되는데요. 하지만 다시 회복한 아테네 폴리스의 민주정은 이전과는 달랐습니다. 진정한 민주정치가 아니었던 거죠. 이런 시대 상황에서 소크라테스는 진정한 민주정치를 위해 비겁하게 도망치지 않고 맞섰던 거고요. 이제 책에서 다루는 핵심적인 내용으로 들어가 볼까요?

텍스트 포인트 읽기

소크라테스의 변론은 소크라테스의 제자인 플라톤이 지은 책으로 대화형식으로 되어 있습니다. 플라톤이 지은 저서는 마치 희곡처럼 대화로 이루어져 있는데요. 당시에는 산문형식의 글보다 시나 희곡이 많았거든요. 플라톤은 스승인 소크라테스가 재판받고 죽음을 받아들이는 과정을 옆에서 지켜보면서 기록으로 남겼는데요. 그만큼 스승의 삶에 대한 존경이 있었기에 가능한 일이었겠죠.

이 책은 소크라테스가 고발을 당해 재판받는 내용을 다루고 있습니다. 여기서 소크라테스를 고발한 사람들에 대해서 살펴볼 필요가 있어요. 소크라테스를 고발한 사람은 젊은 시인인 멜레토스이지만 그를 뒤에서 조종한 사람은 가죽 장인이자 정치가인 아니토스 그리고 웅변가 리콘입니다. 소크라테스가 고발당한 데에는 정치적인 이유가 있었어요. 소크라테스는 모든 분야는 전문가들이 관리해야 한다고 주장했어요. 정치도 마찬가지로 전문적인 사람이 정치를 해야 한다고 말하면서, 당시 아테네가 정치가를 뽑는 방식인 제비뽑기나 투표가 좋은 방법이 아니라고 했죠. 그러니 당시 정치가들이 소크라테스를 미워했던 건 당연해 보이죠?

　　이 책은 소크라테스의 1차 변론과 2차 변론 그리고 최후변론인 3차 변론 이렇게 3부분으로 이루어져 있습니다. 흥미로운 건 소크라테스가 배심원들에게 읍소하지 않는다는 겁니다. 전혀 재판받는 사람답지 않죠. 물론 죄가 있다고 여기질 않으니 당연하지만, 책을 읽다 보면 소크라테스는 이미 그 당시 아테네 사람들과는 다른 수준에 이른 사람이라는 걸 알게 됩니다. 이 책을 읽는 재미 중의 하나가 바로 이런 소크라테스를 알게 된다는 겁니다. 소크라테스의 변론은 크리톤, 파이돈, 향연과 함께 구성한 책들이 대부분입니다. 여기서는 소크라테스의 변론만 다루지만 다른 부분도 나중에 꼭 읽어 보시기를 권해드립니다.

소크라테스의 1차 변론

　　가장 먼저 나오는 소크라테스 1차 변론입니다. 소크라테스는 두 번의 고발을 당했는데요. 그 중 첫 번째 고발인은 시인 멜레토스였고 고발장 내용은 이렇습니다.

─── "소크라테스는 자연현상을 연구하는데 몰두하여 궤변을 정설로 만들어서 다른 사람들에게 가르치고 있다."

　　소크라테스가 재판받았던 배심원제도는 기원전 450년에 만들어졌는데요. 이 제도 때문에 재판에서 변론을 잘하기 위해 요즘 스피치 훈련처럼 소피스트들이 등장해 말하기 기술을 가르치게 됩니다. 하지만 다른 사람들을 불법으로 가르치고 있다는 모함에 대해 소크라테스는 자신은 돈을 받은 적이 없다고 주장합니다. 소크라테스는 단지 자신의 친구가 델포이 신전에서 소크라테스가 가장 지혜롭다는 신탁을 받았다 하기에, 이를 증명하려 사람들을 만나러 다녔을 뿐이라고 항변하죠. 신탁받은 친구 카이레폰은 이미 죽어서 증언을 해 줄 수 없지만, 그 동생이 증언해줄 거라 말하면서요.

소크라테스는 신탁을 확인하기 위해 정치가와 시인들 그리고 기술자 장인들을 찾아갔다고 말합니다. 하지만 그들에게 지혜를 찾을 수는 없었다고 말하죠. 그들은 모두 지식이나 영감을 가지고 있을 뿐이었다고 말입니다. 여기서 소크라테스가 받았다는 신탁의 내용이 중요한데요.

———— "소크라테스처럼 자기가 지혜에 관해서는 실제로 아무것도 모른다는 것을 아는 자가 너희 중에서 가장 지혜로운 자이다."

이 말은 비슷한 시대를 살았던 동양의 공자가 제자 자로에게 했던 말과도 통합니다. 공자는 자로에게 이렇게 말합니다. "유야 너에게 안다는 것이 무엇인지 가르쳐 주겠다. 아는 것을 안다고 하고, 모르는 것을 모른다고 하는 것 그것이 아는 것이다." 어떤가요? 소크라테스가 말하는 지혜와 공자가 말하는 앎이 의미하는 것이 서로 통하지 않나요? 저는 인문 고전이 이래서 좋습니다. 마치 21세기의 전파연결망처럼 생각은 이미 연결되어 있었고, 함께 변화하고 성장했던 것이라는 생각이 들거든요. 게다가 이런 문장이 주는 의미는 하나가 아닙니다. 환경이나 상황에 따라 얼마든지 자기에 맞게 해석하고 받아들이고 성장할 수 있거든요. 그러니 고전 인문에서 얻은 지혜가 하나 있다면 두고두고 곱씹어 깊이 생각해야 하죠. 그러다 보면 이전의 나보다는 더 나은 성찰을 얻게 되더라고요. 이것이 제가 인문고전의 매력을 느끼는 이유입니다.

소크라테스의 2차 변론

두 번째 고발인은 세 사람이었는데요. 멜레토스와 아니스토 그리고 리콘입니다. 두 번째 고발장의 내용은 이렇습니다.

─── "소크라테스는 이 나라가 믿는 신들이 아니라 다른 잡신들을 섬기면서 젊은이들을 타락시키고 있다."

소크라테스는 멜레토스에게 질문합니다. 여기서 유명한 소크라테스의 문답법이 나오는데요. 소크라테스는 멜레토스에게 청년들을 훌륭하게 만드는 것이 무엇인지를 묻습니다. 멜레토스는 법률이라고 말합니다. 그렇다면 법률을 알아야 하는 배심원 평의회 의원들과 민회까지 모두 청년들을 훌륭하게 만들고, 오직 자신만 타락시킨다는 말이냐고 반문하죠. 멜레토스는 그렇다고 말합니다. 이다음 나오는 소크라테스의 반문이 또 하나의 압권인데요. 그렇다면 내가 무지해서 나와 함께 살아가는 사람들이 악하게 되면 나조차도 해를 입을 수 있는데 스스로 그런 위험을 만들었다는 말이냐고요. 정말 허를 찌르지 않나요? 소크라테스는 정말 매력적인 분인 것 같습니다. 소크라테스는 멜레토스에게 자신은 신을 믿는다고 항변합니다. 그러면서 당신들이 내가 잡신(다이몬)을 믿는다는 건 다이몬이 존재한다는 것도 믿는다는 것이다. 그리고 다이몬은 신이거나 신들의 자녀이다. 그러니 나는 신을 믿는 것이 아니냐고 말합니다.

이제 소크라테스의 2차 변론으로 들어갑니다. 1차 변론이 끝나고 배심원들이 투표했는데 소크라테스는 이때 유죄판결을 받았어요. 유죄 판결에 대한 변론이 바로 2차 변론입니다. 유죄를 받았는데도 소크라테스는 자신의 죄를 뉘우치거나 선처를 구하지 않습니다. 오히려 배심원들 앞에서 당당하게 자신만의 논리를 펼치죠. 먼저 소크라테스는 30표 차로 자신이 유죄로 판결 난 것에 대해 오히려 표 차이가 적어서 놀랐다고 말합니다. 배심원들의 심기가 좋지는 않았을 거란 생각이 드는 대목이었는데요.

여기에 조금 이해하기 어려운 투표수 부분이 나오는데요. 간단히 정리하면 고발인이 첫 번째 멜레토스 한 사람이었다면 표가 부족해서 무죄가 되었을 텐데, 아니스토와 리콘까지 힘을 합쳐 두 번째 고발을 했기 때문에 유죄가 되었다는 말입니다. 그보다 더 재미있는 하나는 당시 아테네 법은 원고와 피고가 둘 다 형량을 제안할 수 있었다는 건데요. 그 두 가지 형량 중에서 배심원단이 하나를 선택하는 거였어요. 이걸 합리적이라고 해야 하는 건지 잘 모르겠지만 합의할 여지를 주는 건 확실하네요. 멜레토스는 배심원단에게 사형이라는 형량을 제시했고, 소크라테스는 은화 1므나(장정의 하루 품삯 정도)를 형량으로 제시한다고 말합니다. 하지만 이어 플라톤과 크리톤을 비롯한 지인들이 30므나의 벌금형을 제시하라고 하니 그렇게 하겠다고 말하면서 2차 변론이 마무리됩니다.

소크라테스의 최후 변론

이제 마지막 소크라테스의 최후 변론입니다. 2차 변론에도 불구하고 결국 소크라테스에게 사형이 평결로 내려집니다. 여기서 아주 유명한 말이 나오는데요.

――― "나는 죽기 위해 떠나고 여러분은 살기 위해 떠날 것이다. 어느 쪽이 더 나은지는 신 이외에 아무도 모른다."

신을 믿지 않는다고 고발당한 소크라테스는 신 이외에는 아무도 모른다는 말을 끝으로 세상을 떠나게 됩니다. 소크라테스는 3차 변론에서 자신은 여러분들이 보고 싶어 하는 눈물을 흘리고 애걸복걸하지 않아서 이렇게 된 것이라고 말합니다. 그러면서 죽음은 두 가지 중 하나일 거라고 말합니다. 하나는 소멸해버려 지각할 수 없게 되거나 다른 하나는 이승에서 저승으로 옮겨가는 것이라고요. 소크라테스는 둘 다 좋다고 말합니다. 만약 소멸하는 것이라면 꿈 없는 잠과 같을 테니 놀라운 이득이라고요. 또 이승에서 다른 곳으로 옮겨가는 거라면 위대한 영웅을 만날 수 있으니 얼마나 좋은 일이냐고요. 죽음마저 성찰한 지혜가 정말 대단하다 느껴지네요.

소크라테스가 죽고 난 후 플라톤은 스승의 철학을 이어받아 보다 더 체계적이고 구체적인 사상으로 발전시킵니다. 소크라테스가 남긴 저서는 하나도 없지만, 소크라테스의 사상은 그의 제자 플라톤에 의해 글로 전해집니다. 결국 소크라테스가 실천을 남겼다면 플라톤은 이론을 남겼다고 봐야겠죠. 이런 사상들이 무려 기원전 500년경이니 지금으로부터 2500년 전의 일입니다.

어쩌면 이미 오래전에 필요한 생각들은 다 만들어졌던 거라는 생각이 들 정도로 국가와 정치에 필요한 사상의 기본 뼈대는 소크라테스와 플라톤 그리고 아리스토텔레스에 의해 만들어졌어요. 여기서 다루지는 않지만, 소크라테스가 죽음을 앞두고 감옥에 찾아온 친구 크리톤과 나눈 대화를 기록한 '크리톤'에는 정의에 대한 내용이 나옵니다. 소크라테스는 도망가기를 권유하는 친구 크리톤에게 말합니다. 우리가 그토록 찾고 이루려고 한 정의를 우리가 버리고 도망간다면 그것이 과연 옳은 것인가? 라고요. 소크라테스는 자기가 도망쳤을 경우 남아있는 친구들이 받을 고난을 알았던 거죠. 그리고 이것은 옳지 않다고 말합니다. 소크라테스의 반박할 수 없는 논리에 크리톤은 설득 당하고 말죠. 소크라테스 이후 플라톤은 스승의 사상을 이데아 사상으로 발전시킵니다. 다음에 이어지는 플라톤의 국가론에서 살펴보도록 할게요.

질문 꺼내 읽기

21세기를 살고 있는 우리에게 소크라테스의 명언 '너 자신을 알라'를 적용한다면?

21세기 우리는 정보통신 기술의 발달로 인해 엄청난 정보의 홍수 속에 살고 있는데요. 하루에도 수백 수천의 정보들이 인터넷 포털 사이트와 다양한 콘텐츠 호스팅 웹사이트를 통해 전세계에서 쏟아져 나옵니다. 이런 정보를 또 SNS(소셜 네트워크 서비스)로 열심히 세상에 퍼트리죠. 동시에 우리는 자신의 정보도 실어 나릅니다. 멋진 카페와 맛있는 음식 그리고 화려한 조명 아래의 나를 내보이며 흐뭇해하죠. 지인들을 비롯해 잘 모르는 사람들로부터 받는 관심은 충분히 매력적이어서 SNS 활동에 적극적이게 되는데요. 일상이지만, 개성 있게 화면을 만드는 SNS 특성상 점점 더 자신을 멋지게 포장해서 내보내게 되죠. 그러다 보니 일상의 나와 SNS 속의 나는 전혀 다른 사람처럼 보이는 괴리가 생기기도 합니다. 이럴 때일수록 자신을 잃지 않으려는 균형이 필요해집니다. 소크라테스가 말했다고 알려진 '너 자신을 알라'는 고대 그리스

도시 델포이에 있는 아폴론 신전의 프로나오스(앞마당)에 쓰여 있었다고 하죠. 누구나 볼 수 있었던 글귀의 가치를 세상에 널리 알린 사람이 소크라테스였던 것처럼 자신의 진정한 가치를 찾아내는 일이 어쩌면 지금의 우리에겐 더 필요하지 않을까요? 자칫하면 자신을 혼동하기 쉬운 시대, 진짜 나를 아는 일이 무엇보다 중요하게 느껴집니다.

02

국가론

플라톤

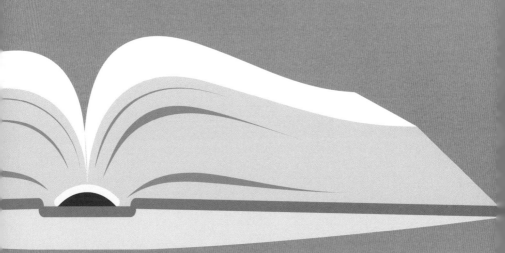

시대 흐름 읽기

플라톤이 살던 그리스의 시대 상황

기원전 404년 그리스 동맹끼리 벌인 펠레폰네소스 전쟁은 스파르타의 승리로 끝나게 됩니다. 이후 스파르타는 아테네가 속해있던 델로스 동맹을 해산시키고 30인의 참주 정치를 후원합니다. 다음 해 바로 민주정치로 돌아왔지만 이미 아테네의 정치는 어리석은 시민들이 이끌어가는 중우정치에 가까워졌죠. 소크라테스를 재판에서 사형시키는 것만 봐도 선동과 군중심리에 의한 다수결은 현명한 판단을 내리지 못한다는 걸 보여주고 있죠. 이후 스파르타가 패권을 잃고 다시 아테네와 힘을 합치는 과정을 거치면서 아테네를 비롯한 폴리스들은 더 이상 예전의 연합을 이루지 못합니다.

플라톤은 이런 혼란한 정치 상황에서 벗어나 아테네 교외에서 아카데미아 학교를 열어 교육에 힘쓰게 돼요. 여기에 있던 제자가 바로 또 한 명의 위대한 철학자 아리스토텔레스였고요. 서양 철학에서 중요한 인물인 소크라테스와 플라톤 그리고 아리스토텔레스가 스승과 제자로 이어지는 관계였기 때문에 서양 철학의 뿌리인 이데아 사상이 이어져 내려올 수 있었죠. 동양에서 공자의 유가 사상이 세대를 이어 내려올 수 있었던 것처럼 말이에요. 우리는 여기서 한 사람의 위대한 스승이 얼마나 중요한지 알 수 있게 됩니다. 공자의 유가사상은 한나라 유방이 정치적 필요로 공자를 성인 반열에 올렸기 때문이긴 합니다. 그럼에도 스승이 사상을 현실에서 실현하는 고귀한 행보를 지켜봤기 때문에 제자들에 의해 계승되었겠죠.

이데아 사상에 대하여

서양 철학의 근간이라 할 수 있는 이데아 사상은 눈에 보이는 세상과 달리 완벽한 세상이 다른 곳에 이상적인 형태로 존재한다는 사상인데요. 예를 들어, 우리가 알고 있는 삼각형은 그리는 사람이나 그리는 상황에 따라 완벽하지 못해요. 여기서 말하는 완벽하다는 건 그야말로 모든 면에서 이상적인 상태를 말하죠. 그런 완벽한 삼각형은 우리가 사는 현실에는 없지만, 이상의 세계 즉 이데아에는 존재한다는 거죠. 이데아 사상은 사실 불완전한 세상에 대한 불안함 때문에 나온 것이기도 해요. 세상이 엉망진창이라면 살아가는 희망이 없잖아요? 적어도 어딘가에는 진실로 아름다운 것들이 있어야 하지 않았을까요?

이데아 사상에서 중요한 건 이상과 현실입니다. 흔히 관념이라 부르는 사고의 영역은 현실이 아닌 머릿속에서 실체 없이 만들어진 생각들이죠. 이런 현실과 다른 이상을 분리한 것이 바로 소크라테스와 플라톤으로 이어지는 이데아 사상입니다. 하지만 플라톤의 제자인 아리스토텔레스는 이데아 사상을 이어받지 않아요. 이 내용에 대해선 3장에 나오는 '니코마코스 윤리학'에서 다룰 겁니다. 이데아 사상이 중요한 이유는 앞서 말했듯이 서양철학의 근간인 관념론으로 이어지기 때문입니다.

또 하나 중요한 점은 이데아 사상은 종교와 연결된다는 거예요. 고대를 지나 중세로 접어들면 서유럽은 종교가 세상을 다스리게 됩니다. 사실 소크라테스의 변명에서 살펴보았듯이 (1장 소크라테스의 변명 참조) 소크라테스는 신의 존재를 믿는 사람이었습니다. 신석기 혁명 중하나로 꼽는 것도 바로 종교죠. 인류 역사에서 종교는 뿌리가 깊고 인간의 생존과 아주 밀접하게 연결되어 있죠. 인공지능이 생기고 화성 탐사가 멀지 않은 21세기에도 종교가 여전히 존재하는 이유이기도 합니다. 인간은 늘 죽음과 보이지 않는 자연의 힘을 두려워하였고, 이를 극복하기 위해 찾아낸 최고의 창작품이 신이었던 거죠.

이데아 사상의 바탕에는 신의 세계가 있습니다. 말하자면 이데아 사상은 완벽한 신이 존재하는 세상입니다. 이런 기본적인 이해가 있어야 플라톤의 국가론이 쉽게 다가옵니다. 그래서 플라톤이 말하는 국가란 이데아에 있는 선을 알고 있는 자가 다스리는 정치체제를 만들어야 한다는 게 핵심입니다. 물론 그런 이상적인 정치체제가 현실에서 가능하기는 희박해 보이지만요. 그럼 이제 텍스트 본문으로 가볼까요?

텍스트 포인트 읽기

　　플라톤이 썼지만 플라톤은 등장하지 않는 책이에요. 대신 플라톤의 큰형인 아데이만토스와 작은 형인 글라우콘이 등장하죠. 또, 당시 소피스트인 트라시마코스도 등장합니다. 플라톤의 국가에서 화자는 모두 소크라테스입니다. 국가의 본문은 플라톤의 형들을 비롯한 사람들이 소크라테스와 나누는 대화로 이루어져 있는데요. 대부분 소크라테스가 질문에 대답하며 사상을 펼칩니다. 소크라테스의 이름을 빌려 쓸 뿐 사실은 플라톤의 생각을 풀어놓고 있죠. 물론 소크라테스에게서 영향을 받았기 때문이긴 하지만 스승을 잊지 않는 참 좋은 제자죠?

　　플라톤 '국가론'은 올바른 국가란 철학자가 다스리는 국가이고, 철인이란 어떤 사람을 말하는지 그리고 어떻게 철인 지도자를 양성해야 하는지에 대한 내용이에요. 본문의 구성이 대화형식으로 되어 있어서 읽기에 부담스럽진 않지만, 내용이 일목요연하게 정리가 안 되어서 읽기에 편한 책도 아니에요. 지금부터는 위에서 말한 핵심을 가지고 하나씩 살펴보겠습니다.

국가의 올바름

올바름이라 번역한 책도 있지만 '정의'라고 번역한 책도 있어요. 국가의 올바름에 대해서 말하기 전에 사람의 올바름에 대해서 먼저 말하고 있는데요. 왜 그럴까요? 결국 국가를 구성하는 건 사람이기 때문에 어떤 사람이 국가를 다스리는지에 따라 국가가 올바르게 되기 때문이죠. 먼저 기게스의 반지에 대한 내용이 나옵니다. 기게스라는 목동이 우연히 반지를 얻게 되는데요. 반지의 장식을 돌리면 투명인간이 된다는 걸 알게 된 후, 반지를 이용해 왕을 살해하고 나라의 왕이 된다는 이야기죠. 이 이야기처럼 많은 사람이 올바르지 않은 행동도 좋다고 생각하게 된다고 말합니다. 그만큼 사람이 올바르기는 어렵다고 말하죠. 그러니까 결국 사람이 중요하다는 말이 아닐까요?

플라톤의 형이 소크라테스에게 올바름에 대해 묻자 소크라테스는 멀리 있는 작은 글씨를 보려는 것보다 큰 글씨를 찾아 읽어 작은 글이 무엇인지 살펴보자고 말하죠. 그러면서 개인의 올바름보다 나라 전체의 올바름에 대해 알아내자고 말하죠. 이렇게 국가의 올바름으로 넘어갑니다. 그런데 무슨 뜻인지 쉽게 이해가 안 되죠? 조금 풀어서 생각해볼 필요가 있는 대목입니다. 말하자면 개인은 국가라는 체제 안에 있으니 국가가 올바르고 정의롭다면 당연히 좋은 영향을 받게 되겠죠. 그렇기 때문에 국가의 올바름을 먼저 생각해야 한다는 뜻으로 받아들여집니다.

또, 나라는 각자가 자급자족하지 못해서 필요한 게 생겼기 때문에 사람들이 모여 살기 시작했다고 말합니다. 이렇게 국가는 점점 규모가 커지고 전쟁도 벌이게 되니 나라를 보호하는 수호자가 필요하게 되죠. 그런데 수호자가 훌륭해야 국가를 잘 다스리겠죠? 플라톤은 훌륭한 수호자는 지혜를 사랑하면서도 용기를 가진 사람이어야 한다고 말하죠. 그래서 훌륭한 수호자를 만들기 위해 필요한 음악이나 체육 교육을 어떻게 해야 하는지를 말하는 중요한 본론으로 이어집니다.

어떻게 하면 훌륭한 수호자가 될 수 있나?

소크라테스는 훌륭한 수호자가 되기 위해선 어떤 사유재산도 가져서는 안 된다고 말합니다. 심지어 집도 안 되고 생활필수품 정도만 보수로 받아야 한다고 하죠. 금이나 은을 몸에 걸쳐서도 안 되고 군인들처럼 공동생활을 해야 합니다. 이쯤 되면 수호자가 아니라 수도자를 원하는 게 아닌가 싶죠. 역시 이 말을 들은 아데이만토스가 그럼 그들은 불행할 거라고 말합니다. 저도 이 말에 고개가 끄덕여지는데요. 하지만 소크라테스는 아주 중요한 말을 합니다.

———— "나라를 만드는 데 가장 중요한 것은 어느 한 집단이 행복한 것이 아니라 시민 전체가 최대한 행복해지도록 해야 한다. 올바름은 그런 나라에서 찾을 수 있다."

이 말은 영국 공리주의 철학자 제레미 벤덤의 널리 알려진 '최대 다수의 최대 행복'과 연결되는데요. 국가가 추구해야 하는 가장 중요한 점이 무엇인지 이미 오래전 그리스 시대에 생각했다는 게 정말 대단하네요. 또 인상적인 내용은 수호자는 시민 전체를 위해 일해야 하기 때문에 수호자를 너무 부자로 또는 너무 가난하게 만들지 말아야 한다고 말합니다. 왜냐고요? 부와 빈곤은 인간을 나빠지게 만들기 때문이죠. 인간의 본성을 제대로 이해하고 있다는 생각이 들었는데요. 지나친 결핍이나 충족만큼 인간을 유혹에 쉽게 빠지게 하는 것도 없죠. 그렇기 때문에 수호자는 절제와 용기 그리고 지혜를 가지도록 해야 하며, 이 세 가지를 유지하게 하는 것이 바로 올바름이라고 말합니다.

철학자가 다스리는 철인정치

플라톤은 훌륭한 수호자란 이런 어려운 조건들을 모두 잘 받아들이고 견디는 사람이어야 한다고 생각했어요. 왜냐하면 국가를 다스리는 수호자 개인의 올바름도 마찬가지로 용기와 절제 그리고 지혜가 모두 있어야 하기 때문입니다. 이렇게 올바른 사람은 지혜를 사랑하고 본질에 대한 배우는 것을 사랑하는 바로 철학자입니다. 플라톤은 보통 사람은 다다를 수 없는 경지에 오른 철학자만이 이런 어려운 규율을 견디며 나라를 가장 이상적으로 다스릴 수 있는 통치자라고 주장합니다. 여기서 국가론의 가장 중요한 개념인 '선의 이데아'가 나오는데요. 이 '선의 이데아'를 본 철학자만이 그런 훌륭한 통치자가 될 수 있다고 말합니다. 이 개념을 동양사상으로 생각해보면 플라톤이 말하는 선의 이데아를 본 통치자는 바로 '깨달은 자'가 아닐까 싶네요.

선의 이데아

이제 좀 더 자세하게 플라톤의 이데아 사상을 살펴볼 텐데요. 이데아란 현실에 있는 것이 아니라 저 너머 다른 세상에 가장 완벽하게 존재하는 거라는 건 이미 나왔죠. 더 나아가면 결국 세상에 존재하는 '좋음' 즉 '선'조차도 완벽한 이데아에 있겠죠? 여기서 좋음, 영어로 good은 단순히 좋다가 아니라 선함을 말해요. '선하다'는 건 기본적으로 타인을 향해 있는 개념이죠. 통치자에게 이 말처럼 필요한 단어가 있을까요? 선이란 결국 어떤 행위를 할 때 의도나 결과가 모두 좋은 것을 말해요. 이건 정치철학과 연결 지으면 정의와도 연결되죠. 모두에게 좋은 것이 결국 플라톤이 말하는 '좋음'의 개념인데요. 그 선조차 이데아에 있는 선이에요. 지극히 완전하고 완벽하게 이상적인 선 말입니다.

선의 이데아를 본 자가 다스리는 국가

쉽게 정리하면 '선의 이데아'란 속세에서 벗어나 깨달은 성인의 정신세계를 말하는 거죠. 인간 세상에 있지 않은 높은 가치를 알고 있는 자가 통치자가 되면 정말 완벽한 정의를 실현하며 정치를 하겠죠. 플라톤이 말하는 가장 이상적인 수호자는 선의 이데아를 본 다시 말해 깨달은 자를 말합니다. 플라톤은 태양이 비추듯 선의 이데아에 영혼이 닿으면 훌륭한 수호자가 될 수 있다고 말합니다. 다시 말하면 안다는 것은 선의 이데아를 인식하게 되는 걸 말해요. 그럼 이제 어떻게 선의 이데아를 인식하게 되는지를 알아보죠.

동굴에서 태양을 본 자

플라톤은 교육의 부족으로 어리석은 상태를 동굴에 비유합니다. 동굴 속에 결박당한 사람은 동굴 벽에 비친 한쪽 그림자만 보다가 결박에서 풀려나면 동굴 속의 다른 모습을 보게 되는 단계가 됩니다. 이제 동굴에서 나와 가파른 언덕을 올라 태양 아래에서 비로소 실재를 보게 되는 단계에 이르죠. 이런 인간이 인식할 수 있는 최종단계가 태양, 바로 선의 이데아를 보는 단계입니다. 선의 이데아를 보는 일은 쉽지 않아서 마치 오르막을 오르듯이 참고 견뎌야 하죠. 여기부터가 가장 중요한데요. 선의 이데아를 깨달은 자는 그대로 자신만을 위해 사는 게 아니라 세상 속으로 다시 동굴 속으로 돌아가야 한다고 말합니다. 이것이 플라톤의 국가 철학의 핵심입니다. 결국 뛰어난 자는 세상을 다스리는 봉사를 해야 하는 의무가 있다고 말하고 있습니다. 이런 사상은 지금의 국가 지도자들에게 무엇이 필요한가에 대한 근본적인 질문을 던지고 있습니다. 그런데 이런 플라톤 주장에 대해 대부분의 사람은 너무 맞는 말이지만 현실적으로 이루어지기 어려운 일이라 생각할 겁니다. 지금도 그렇지만 고대 아테네에도 이상적인 세상과 현실적인 세상과의 괴리를 고민했다는 거죠. 만일 현실이 완벽했다면 이데아론은 필요 없었겠죠.

여자와 아이는 공유하자고요?

플라톤의 선의 이데아론이 얼마나 이상적인지를 절감하게 되는 내용이 있는데요. 철학자가 다스리는 세상에서 수호자들은 여자와 아이들을 공동으로 소유해야 한다고 주장하는 부분입니다. 사유재산을 가지지 않는 것이 분열을 막기 때문인 것처럼 여자와 아이도 소유하면 안 되는 거죠. 물론 플라톤 본인조차도 이것이 가능할지 모르겠다고 말하는 대목에선 웃음이 나왔는데요. 그럼에도 이런 주장만으로도 당시 그리스 사회에서 여자가 어떤 위치였는지 알게 되죠. 물론 텍스트에는 여성도 수호자의 기질을 가지고 있다면 수호자로 선발해야 한다고 말하고 있어요. 아무리 수호자들에게만 해당하는 거라고는 하지만 사적인 소유를 하지 않기 위해 가족마저 공동으로 한다는 발상은 정말 놀랍죠. 저는 여기서 어슬러 르귄의 소설 '빼앗긴 자들'에 나오는 극단적인 공산사회 아나레스가 연상되었어요. 고대 그리스에 이런 생각이 있었다니 정말 대단하죠?

잘못된 4가지 국가 정치체제에 대하여

플라톤은 올바르지 못한 국가 정치 체제 4가지를 말하는데요. 첫 번째 명예 체제는 군주 정치에서 통치자 집단이 다스리게 되는 체제로 군인들이 다스리는 국가입니다. 마치 스파르타처럼 말이죠. 이런 국가는 나중에 재물을 좋아하게 되면서 무너지게 됩니다. 두 번째 과두 정치 체제는 금권정치를 말합니다. 부자가 권력을 장악하고 있는 정치인데요. 이런 국가 형태는 결국 빈부 격차가 심해져 무너지게 됩니다. 세 번째 민주 체제는 마치 젊은이처럼 자유로워 보이지만, 안을 들여다보면 무질서하고 혼란스러워 결국 무정부 상태에 빠지게 된다고 말합니다. 네 번째 참주 체제는 혼란스런 무정부 상태에서 나오는 민중의 지도

자가 결국 참주가 된다고 말합니다. 민중의 지도자는 감시와 통제가 심한 정치를 하게 되죠. 플라톤이 말하는 좋은 정치 체제는 군주가 다스리는 정치체제라고 합니다. 좀 더 자세하게는 앞에서 말한 선의 이데아를 깨달은 훌륭한 통치자가 다스리는 국가를 말하는 거겠죠. 좋은 통치자가 있다면 군주체제가 가장 이상적인 국가 형태라고 생각했던 거예요.

에르의 사후세계와 영혼불멸에 대해

고대 그리스 사람들은 영혼의 존재를 믿었습니다. 텍스트 후반부에는 영혼에 대해 말하고 있는데요. 영혼은 그 자체로 변하지 않고, 다른 것에 의해서 파멸하지 않는다고 말합니다. 결국 불멸로서 영혼은 사라지지 않는다고 말해요. 그러면서 에르라는 남자가 전쟁 중에 전사했는데 시체가 썩지 않다가 다시 살아났어요. 그가 깨어나 사후이야기를 들려줍니다. 사후경험 이야기는 플라톤이 살던 시대로부터 무려 2000년이 지난 21세기에도 통하는 스토리죠. 놀랍기보다는 죽음 이후에 대한 인간의 궁금증은 아직 해결하지 못한 최후의 문제인 건 확실하네요. 에르는 망각의 강 레떼의 강물을 마시지 못하고 살아 돌아왔다고 말하죠. 그러면서 소크라테스는 플라톤의 둘째 형 글라우콘에게 우리 영혼은 구원받을 것이니 신의 뜻대로 올바르게 사는 것이 천상에서 행복할 수 있는 유일한 길이라는 말로 텍스트는 끝납니다.

동양 사상과 닮은 듯 다른 철인사상

　　동양의 위대한 철학자 공자는 통치자인 군주는 군자가 되어야 백성이 편안하다고 말했습니다. 그래서 당시의 왕들에게 군자의 길을 설파하며 세상을 돌아다녔죠. 플라톤의 철인통치와 공자의 군자사상은 통하는 게 있어요. 둘 다 자신을 뛰어넘어 덕을 실천하는 성인군자들이죠. 하지만 과연 개인적인 욕심은 없고 숭고한 뜻이 있어 세상을 편안하게 만드는 데에만 의미를 두고 추구하는 통치자가 과연 존재할까요? 플라톤의 국가를 읽다 보면 인간에 대해 확고한 믿음이 있다는 생각이 듭니다. 물론 그건 신에 대한 믿음 때문이기도 하죠.

　　하지만 역사는 플라톤의 소망처럼 흘러가지 않았죠. 전쟁과 정복은 잔인하게 지속되었고 다른 인간을 사랑하는 마음보다는 정복하고 빼앗는 마음이 훨씬 우세하다는 걸 인간은 역사를 통해 몸소 증명했죠. 그럼에도 불구하고 우리가 여전히 생각하는 인간이고, 고민하는 인간이고, 더 나아지고 싶어 하는 인간이라는 걸 오래된 고전에서 찾을 수 있다는 건 정말 행운입니다. 플라톤이 말하는 현실적이지 않은 '선의 이데아'를 보고 싶어 하는 사람이 21세기인 지금도 있다는 걸 믿거든요. 고전의 매력은 바로 이겁니다. 우리가 조금 더 괜찮은 인간이 될 수 있다는 희망을 갖게 하는 거요.

질문 꺼내 읽기

현대 민주주의에서 정치가의 역할은 무엇일까?

민주주의가 생겨난 이후로 지금까지 민주주의 정치에서 정치가는 어떤 역할을 수행해야 하는가에 대한 고민은 계속 이어져 왔습니다. 사실 이론적으로는 최선처럼 보이는 민주주의가 위기라는 우려 섞인 걱정들이 많아지고 있죠. 국민의 정치 참여나 의식 또한 높아지고 있는데 왜 민주주의가 위태로워지고 있는 것일까요? 정치란 정치가들이 아니라 국민과 함께 만들어가는 것이란 상식이 생겨났음에도 진정한 의미의 국민의 정치참여는 생각보다 미약한데요. 사실 정치적 행위에 적극적으로 참여하는 국민은 사실 일부죠. 대부분의 국민은 투표를 제외하고는 정치 행위에 직접적으로 참여하지 않는 경우가 많습니다. 그러다 보니 정치적 성향이 짙은 사람들로 이루어진 집단들이 뭉쳐 서로 반목하게 되고, 서로 의견이나 생각을 합쳐 좋은 합의를 이끌어내는 건 어렵게 되는데요. 이럴 때 정치가의 역할은 자신과 같은 정치적 성향을 가진 이들에게 지지를 호소하는 팬덤 정치가 아니라, 다른 성향의 이들과 화합할 수 있는 길을 찾아야 합니다. 정치가들이 지지자들을 선동하여 반대진영의 정치가들과 대립을 고집한다면 당연히 민주주의는 위태로워지겠죠. 왜냐하면 민주주의는 서로 다른 의견을 쳐내는 게 아니라, 서로 합의를 이끌어내기 위한 최선의 제도이기 때문입니다. 지나친 대립은 결국 민주주의를 위태롭게 합니다.

03

니코마코스 윤리학
아리스토텔레스

아리스토텔레스가 살던 그리스 시대 상황

아리스토텔레스는 플라톤의 제자인 건 앞에서 말씀드렸죠. 기원전 347년 플라톤이 사망해요. 이후 그리스는 중요한 사건을 겪게 됩니다. 바로 그리스 북쪽에 있는 마케도니아에 의해 정복되고 맙니다. 그 유명한 알렉산드로스 대왕의 아버지인 필리포스 2세에 의해서 말이죠. 기원전 334년경 동쪽의 페르시아 원정을 준비하던 중 필리포스 2세가 죽자 아들 알렉산드로스가 22살이라는 젊은 나이에 왕위에 올라 동방 원정으로 인도 북부까지 진출하게 되죠. 그리스는 이제 더 이상 도시 국가가 아니라 거대한 알렉산드로스 제국의 도시 중 하나가 됩니다. 하지만 알렉산드로스는 아리스토텔레스의 제자였고 그리스 문화를 워낙 좋아한 탓에 정복지마다 그리스 문화를 심으려고 노력했습니다. 그래서 그리스 문화는 사라지지 않고 동쪽으로 퍼져나가게 됩니다.

헬레니즘 문화의 탄생

알렉산드로스의 원정 방향은 그리스의 동쪽인 페르시아와 인도 쪽이었기에 동쪽을 뜻하는 오리엔트 문화와 그리스 문화가 섞이게 된 거죠. 그렇게 그리스 문화와 오리엔트 문화가 융합된 새로운 문화 헬레니즘이 탄생하게 됩니다. 알렉산드로스 대왕은 자신의 이름을 딴 도시 알렉산드리아를 정복지마다 많이 세웠어요. 이집트와 터키, 아프가니스탄과 파키스탄에 이르기까지 당시엔 100개가 넘는 알렉산드리아 도시가 있었고 지금까지도 알렉산드리아란 도시가 일부 남아있어요. 그런가 하면 그리스에서 동쪽인 서아시아에는 페르시아란 나라가 기원전 525년에 왕조를 세우면서 오리엔트를 통일합니다. 꽤 오래도록 그러니까 약 200년 동안이나 유지되던 페르시아는 기원전 330년 바로 이 알렉산드로스에 의해 정복되어 페르시아는 사라집니다. 하지만 알렉산드로스 제국은 오래가지 못했죠. 이후 페르시아 지역에는 기원전 247년에 고대 이란 왕국이라 불리는 파르티아가 건국되는데요. 파르티아는 약 500년 가까이 유지되던 강국이었습니다.

아리스토텔레스의 윤리학

니코마코스 윤리학은 아리스토텔레스의 아들 니코마코스가 지은 책입니다. 아리스토텔레스는 학교를 세우고 제자들을 가르쳤어요. 알렉산드로스 대왕이 죽은 다음 해에 아리스토텔레스도 세상을 떠납니다. 아리스토텔레스의 아들 니코마코스는 아버지의 강연을 묶어 기록으로 남기게 됩니다. 그래서 제목은 니코마코스 윤리학이지만 사실 아리스토텔레스의 윤리학이라고 해야 하죠.

윤리란 무엇인가?

이 책은 제목처럼 윤리에 대한 내용인데요. 윤리(ethics)란 쉽게 말하면 사회 안에서 인간들이 서로 싸우지 않고 잘 살아가는 데 필요한 기본적인 행동규범들을 말하는데요. 표현은 행동으로 나오지만 그렇게 행동하기 위해서는 먼저 머릿속에 그렇게 해야 하는 당연한 가치가 있어야 하겠죠. 이 책은 바로 눈에 보이지 않는 가치를 말하고 있어요. 그래서 아리스토텔레스를 형이상학을 정립한 학자라고 부릅니다. 플라톤의 이데아론부터 시작된 사고체계를 연구하고 개념화하여 체계적인 학문으로 만든 거죠. 소크라테스의 변명과 플라톤의 국가론부터 아리스토텔레스까지 이어져 내려온 사상들이 결국 서양 근대 철학의 뿌리가 된 거죠. 자~ 이제 텍스트를 살펴보러 가볼까요?

텍스트 포인트 읽기

최고의 선은 행복

이 책에서 가장 먼저 나오는 건 행복입니다. 그래서 아리스토텔레스는 인문학의 본질에 대해 말하고 있다는 생각이 들었는데요. 사실 우리가 배우고, 사색하고, 고민하는 이유는 행복해지기 위해서잖아요. 아리스토텔레스는 먼저 최고의 선에 대해 말합니다. 플라톤의 이데아가 현실 세상에 있지 않은 머릿속에 들어있는 관념이라면 아리스토텔레스가 말하는 최고의 선이나 행복은 좀 더 현실 세계로 내려온 것 같죠? 아리스토텔레스는 지나치게 관념적인 이데아론에서 벗어나려고 노력한 철학자예요. 그래서 니코마코스 윤리학은 이데아론에 대한 비판에서 시작하죠.

플라톤의 이데아론에 대한 비판

이데아론에 대한 비판은 텍스트에 나와 있는 것만으로는 이해하기가 조금 어렵습니다. 텍스트에서 아리스토텔레스는 이데아 개념이 앞과 뒤가 연속적으로 이어지는 것들에는 맞지 않는다고 말합니다. 이 데아라는 개념은 그 자체로 존재하는 것이라 다른 것과 뒤섞일 수 없다 고 말이죠. 그러면서 수의 경우는 연속적이기 때문에 어떤 숫자 하나가 독립적으로 존재한다고 볼 수 없고, 그렇기 때문에 숫자 3에 대한 이데 아란 있을 수 없다는 거죠. 또, 인간의 이데아를 예로 들면서 모든 인간 (인류)이나 개별 인간이나 모두 인간이란 것 외에는 어떤 차이도 없기 때문에 맞지 않는다고 말하죠.

여기까지 읽어도 무슨 뜻인지 이해가 되지 않습니다. 먼저 플라 톤의 이데아는 이 세상 너머에 있는 이상의 세계 즉, 이데아에 모든 것 을 대표하는 하나의 완벽한 모습이 있다고 말합니다. 하지만 아리스토 텔레스는 이데아가 모든 것을 대표하지 못한다고 말하는 겁니다. 각각 의 개별적인 특성을 가진 것들은 각각의 특성을 가진 이데아가 있고, 그 사물이 소멸하면 사라진다고 말하는 겁니다. 다시 말해 아리스토텔레스 는 인간이란 모든 존재를 대표하는 완벽한 인간이 이데아에 있는 게 아 니라 개별적인 인간의 이데아가 각각 있을 뿐이고, 개인이 죽으면 이데 아도 사라질 뿐이라는 거죠. 그럼 개별적인 인간의 이데아란 뭘까요? 네 ~ 영혼입니다. 그래서 플라톤의 이데아가 하늘에 있다면 아리스토텔레 스의 이데아는 땅에 있다고 합니다.

인간은 사회적 동물

이 책의 주제는 결국 인간에게 행복이란 무엇인지에 대한 이야기입니다. 아리스토텔레스는 높은 가치인 선(좋은 것)은 여러 사람의 행복을 실현하는 것이기에 정치학에 속한다고 말합니다. 정치는 국가의 활동이기에 인간의 선은 곧 정치이고 정치만이 인간을 행복하게 만든다고 말하죠. 여기서 그 유명한 구절이 나옵니다.

——— "인간은 사회적(정치적) 동물이다."

널리 알려진 이 말은 완벽하게 좋은 최고의 선은 자족적인 것이고, 여기서 만족이란 개인만이 아니라 시민 전체의 만족을 의미합니다. 왜냐고요? 앞에서 말한 인간은 정치적인 동물이기 때문입니다. 조금 더 쉽게 풀면 인간은 혼자 살아갈 수 없습니다. 가정을 이루고 집단을 이루고 나아가 사회를 이루듯 인간은 모여 살아야 하기 때문입니다. 그 이유가 생존을 위해서든 또는 이익을 위해서든 인간은 그것이 최선이라는 결론을 얻게 되었죠.

인간이 사회적인 체제를 이루며 조화롭게 살아가기 위해서는 어떤 행동규범이나 윤리 규범이 필요합니다. 그래야 평화롭고 질서 있고 안전하니까요. 그렇기 때문에 인간에게 최고의 선인 행복은 완전한 덕을 실천해야 얻어집니다. 왜냐하면 인간이 살아가면서 덕을 발휘해야 좋은 사회 환경을 만들어 서로에게 도움이 되기 때문입니다. 인간이 다른 생명체보다 뛰어난 기능은 이성으로 정신활동을 하는 겁니다. 이것이 인간만이 가지고 있는 우수함 또는 탁월함 즉 덕입니다. 그럼 이제부터 인간을 행복하게 하는 덕이 무엇인지 알아보도록 하죠.

도덕적인 덕에 대해

니코마코스 윤리학에는 덕을 도덕적인 덕과 지적인 덕으로 구분합니다. 지적인 덕은 교육에 의해 얻어집니다. 그래서 지적인 덕은 경험과 시간을 필요로 하는 철학적 지혜나 이해력으로서 정신적인 덕이 됩니다. 하지만 아리스토텔레스는 지적인 덕보다 도덕적인 덕을 더 중요하게 말하는데요. 왜냐하면 어떤 사람의 품성을 말할 때 이해력이 뛰어나다고 말하지 않고 성품이 온화하다고 말하기 때문이죠. 그래서 행복에는 도덕적인 덕이 다시 말해 좋은 품성이 더 중요하다고 말해요.

이렇게 중요한 도덕적인 덕은 저절로 생기지 않고 올바른 습관들이 쌓여야 얻어집니다. 결국 덕이란 실천한 결과입니다. 이렇게 실천한 행동의 차이에 의해 품성이 달라지기에 어렸을 적부터 어떤 습관을 갖느냐는 중요하죠. 또, 도덕적인 덕은 지식을 얻으려고 하는 게 아니라 선한 사람이 되는 것이 목적이기 때문에 덕을 갖춘 선한 사람이 되려면 자신의 감정을 잘 다스리고 관리해야 합니다. 감정을 잘 다스리는 상태란 무엇일까요? 바로 너무 넘치지도 그렇다고 부족하지도 않은 중간 상태가 가장 편안하겠죠. 무언가 떠오르는 단어가 있지 않나요? 맞습니다. 바로 중용입니다. 잠깐만요, 동양사상에서 말하는 중용을 아리스토텔레스도 말했다고요? 앞에서도 말했듯이 인간의 사상이란 동서양을 막론하고 통하는 면이 있어요. 특히 고대 그리스가 있던 시기는 인간들이 제대로 국가라는 형태를 이루고, 이를 통해 구현하고자 하는 인간의 모습에 대해 고민하던 시기였답니다.

아리스토텔레스는 감정의 중간상태인 중용을 가장 참된 덕이라고 했어요. 왜냐하면 도덕적인 덕은 일상의 행동과 이어지는 것이어서 쾌락이나 고통과 연결되어 있거든요. 여기서 참 재미있는 건 아리스토텔레스는 우리가 나쁜 짓을 하는 이유는 그것이 쾌락을 주기 때문이라고 말합니다. 우리가 좋은 일을 하는 게 어려운 건 고통이 따르는 힘든 일이기 때문이라고 말합니다. 그래서 잘못을 하면 벌을 주는데 벌이란 잘못된 행동에 대한 일종의 치료라는 거죠. 다시 말하면 나쁜 행동은 쾌락이고 벌로 고통을 주는 건 좋은 행동인 고통으로 치료하는 거죠. 그러면서 아리스토텔레스는 좋은 것은 힘들게 얻어야 더 좋은 게 된다고 말합니다.

정의에 대해

아리스토텔레스는 정의를 이웃과의 관계에서 이루는 완전한 덕이자 모든 덕 가운데 가장 큰 덕이라고 말합니다. 왜냐하면 정의만이 다른 사람을 위한 선이기 때문입니다. 예를 들어 내가 불의를 행하면 사회 구성원들 모두에게 피해가 돌아가게 되죠. 그래서 정의는 덕의 일부가 아니라 전체라고 말합니다. 결국 덕과 정의는 같은 것이죠. 사회 구성원들과의 관계에서는 정의가 되고, 개인의 품성으로는 덕이 되는 겁니다. 그런데 정의롭지 못하게 되는 시작은 이익에서 오는 쾌락 때문이고 대개 명예나 금전과 관계가 있죠. 특히, 정치적 정의란 공동체 구성원들 사이에서 성립하는 것이기 때문에 법을 전제로 이루어집니다. 그렇기에 정치가는 정의의 수호자이며 균등한 분배의 수호자입니다.

지적인 덕에 대해

　다음으로 살펴봐야 하는 건 지적인 덕입니다. 아리스토텔레스는 인간의 정신에는 감성과 이성 그리고 욕구가 있다고 말합니다. 그중에서 이성은 진리를 인식하게 하는데요. 진리를 잘 인식하게 하는 상태가 지적인 덕입니다. 도덕적인 덕이 행위를 통해 얻어진다면 지적인 덕은 교육을 통해 얻어져요. 구체적으로 학문적 인식과 실천적 지혜와 이성을 통해 진리를 얻음으로써 지적인 덕을 얻게 됩니다. 니코마코스 윤리학에서는 이 세 가지를 하나씩 설명하고 있죠.

　먼저 학문이란 이미 세상에 알려진 지식을 논리적으로 증명하면서 알게 되죠. 이렇게 학문적 인식은 어떤 원칙이나 원리를 인식했을 때 가지게 됩니다. 그런가 하면 실천적 지혜는 깊이 있게 생각하여 머리로 아는 것과는 다른 방식으로 실천할 수 있습니다. 아리스토텔레스는 실천적 지혜를 가진 사람으로 아테네 정치가 페리클레스를 예로 들죠. 페리클레스는 아테네 민주정치의 전성기를 이룬 사람입니다. 현명한 판단으로 아테네를 잘 이끌었던 사람이었던 페리클레스가 가진 실천적 지혜란 판단력이 좋고 그것을 실천할 수 있는 능력을 말해요. 다음은 학문적 인식이나 실천적 지혜의 근본이 되는 이성입니다. 인간이 학문을 배우거나 지혜를 얻어서 행동할 수 있는 이유는 이성이 있기 때문입니다. 결국 지적인 덕이란 이성을 바탕으로 배우고 지혜롭게 행동하는 것을 말합니다.

　니코마코스 윤리학의 마무리는 다시 행복에 대해 다루고 있는데요. 행복이란 어떤 상태가 아니라 관조적인 활동이라고 말합니다. 왜냐하면 행복은 한가함을 필요로 하고, 혼자 있을 때 진리를 잘 관조하게 되기 때문입니다. 마치 철학자처럼 말입니다. 지혜가 많은 철학자는 관조하고 자족적입니다. 그러면서 결국 이성을 따르는 생활이 가장 좋고 즐겁다고 말합니다. 하지만 우리를 선하게 하는 것은 본성일 수도 있고, 교육 때문일 수도 있어요. 본성에 의한 거라면 더없이 좋겠지만 교육에 의한 것이기에 올바른 법률 밑에서 교육받아야 한다고 말합니다. 선한 사람이 되려면 올바른 생활을 해야 하는데 양육하는 아버지의 명령은 구속력이 없어요. 하지만 법률은 실천적 지혜와 이성에서 나오는 규칙이고 무엇보다 구속력이 있죠. 그러므로 법률을 만드는 정치학이 중요하다고 강조합니다. 그렇게 아리스토텔레스는 윤리와 정치를 실천학문으로 두었어요.

아리스토텔레스는 개인의 가치는 어쨌든 사회나 국가처럼 집단 속에 있다고 생각했기 때문에 정치학을 중요하게 여겼던 거죠. 어떻게 사는 것이 선하고 훌륭한 삶인가를 다루는 윤리의 문제도 결국 국가를 어떻게 다스려야 하는가에 대한 기본 전세이니까요. 여기서 흥미로운 건 인간 정신의 아름다움에 대한 생각은 동·서양이 비슷하다는 점이에요. 니코마코스 윤리학에서 말하는 서양의 덕, 아르떼(arte)와 공자가 말했던 덕은 바탕이 비슷합니다. 공자가 말했던 훌륭한 지도자인 군자도 중용을 중요하게 여기고 예로서 행동하는 실천적 지혜를 가져야 하거든요.

아리스토텔레스 이후 그리스는 알렉산드로스 제국 이후 로마의 속국이 되면서 새로운 시대로 접어들게 됩니다. 로마는 기원전 264년에 아프리카 카르타고와 3차에 걸친 포에니 전쟁으로 카르타고를 차지한

후 이어 발칸반도를 비롯하여 소아시아까지 이르는 대제국을 건설합니다. 이후 로마는 그 유명한 카이사르(시저)의 양아들이었던 옥타비아누스가 원로원으로부터 존엄한 자라는 뜻으로 아우구스투스란 칭호를 받으며 기원전 27년에 로마 제국의 초대 황제에 오르죠. 이로부터 기원후 180년까지 '팍스 로마나'라고 불리는 평화를 시대를 맞이하게 됩니다.

이후 로마는 유대인의 아들이었던 예수 그리스도에 의해 종교의 시대로 접어들게 됩니다. 그리스 철학 이후 유럽은 기독교 신앙으로 중세를 맞이하고, 중세는 암흑의 시대라 불릴 만큼 신에 의해 인간이 어둠에 갇힌 시대이기도 합니다. 중세에는 기독교 교리에 대한 연구는 있었지만 그리스 철학의 위대한 사상을 이어받아 발전시키지 못합니다. 결국 중세 인문 고전은 토마스 아퀴나스의 신학대전 정도가 있을 뿐, 인문의 시대를 펼친 것은 그로부터 무려 1000년이 지난 르네상스를 기점으로 날개를 달기 시작합니다.

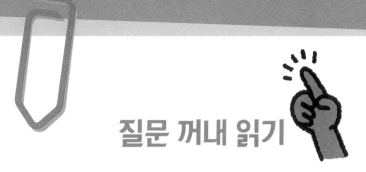

질문 꺼내 읽기

**시민이 정치적 참여나 활동을 하는 경우에 생기는
정치적 성향의 충돌은 긍정적인 현상일까요?**

정치적 성향이 다르다는 건 견제와 경쟁을 통해 더 나은 발전
을 이끌어낼 수 있다는 장점이 있습니다. 하지만 대부분의 국가나 집단
에서 자신과 생각이 다른 견해의 충돌을 건설적으로 발전시키지 못합니
다. 도대체 왜 그럴까요? 집단의 대립은 결국 자신들의 이익과 연결되
기 때문입니다. 만약 자신의 이익과 아무 상관이 없다면 부딪치지도 않
겠죠. 시민의 정치적 참여라는 것이 고작 이익의 대변이라면 어쩐지 답
답해지기도 하지만, 집단을 움직이는 가장 큰 원동력이기도 하기 때문
에 없애려 해서도 안되지만, 할 수도 없어요. 그렇다면 가장 좋은 해결
은 서로의 이익을 조금 양보하는 것이 최선입니다. 애석하게도 양쪽 모
두에게 최고로 좋은 방법은 세상에 정말 드물거든요. 상생이란 말은 듣
기에는 좋지만 진정한 의미의 상생은 어쩌면 존재하지 않는지도 모릅
니다. 어느 한쪽은 반드시 조금은 손해를 보게 되는 게 세상 이치인지라

정치적 성향의 충돌은 어찌 보면 당연한데요. 중요한 건 이런 충돌을 당연한 것으로 받아들이는 데서 출발하는 자세가 필요하다는 점이죠. 대립을 인정할 때 부정적인 감정이 아닌 긍정적인 감정으로 이어지게 되고, 그러고 나면 서로 타협하고자 하는 의지를 긍정적으로 바꿀 수도 있지 않을까요?

2부

인문의 시대

01

군주론

마키아벨리

시대 흐름 읽기

르네상스 이전 유럽의 시대 흐름

로마제국의 평화 시대를 기점으로 세계 연도는 기원후를 맞이합니다. 기원후를 뜻하는 A.D는 라틴어로 '주님의 해'라는 Anno Domini의 약자입니다. 로마제국 시대를 기점으로 유럽은 종교의 시대로 접어들게 되는데요. 기원후 313년 로마의 콘스탄티누스 황제는 밀라노에서 칙령으로 크리스트교를 공식적으로 인정하게 됩니다. 이로부터 약 60년 후 게르만족의 이동이 시작되죠. 로마제국도 쇠퇴해가던 395년, 테오도시우스 1세가 죽으면서 두 아들에게 로마제국을 둘로 나누어 주면서 로마는 동로마와 서로마로 나뉘게 됩니다. 그러다 80년 후인 476년 게르만족의 용병대장 오도아케르가 서로마 황제 롤로무스를 내쫓아 서로마제국은 멸망하게 됩니다. 서로마 제국의 멸망을 기준으로 서유럽 역사는 고대에서 중세로 넘어가게 됩니다.

서로마는 사라지고 그리스가 있는 발칸반도와 지금의 터키가 있는 아나톨리아 반도를 포함한 동로마 제국, 다른 이름으로 비잔틴 제국만이 남게 됩니다. 동로마 비잔틴 제국은 1453년 오스만튀르크에 의해 사라지기까지 무려 1000년을 유지하게 됩니다. 한편, 서로마가 사라지고 5년 후 481년 프랑크족의 클로비스가 프랑크왕국을 세우게 됩니다. 이쯤에서 알아야 하는 중요한 세력이 등장하는데요. 바로 이슬람 국가입니다. 아라비아반도의 메카라는 도시에 살던 상인 무함마드가 610년, 하늘의 계시를 받고 종교를 만들게 됩니다. 바로 이슬람교죠. 이슬람교는 알라신 아래 평등을 내세우며 성직자가 없는 종교입니다. 이런 평등사상은 빠르게 퍼져나가 세력을 확대하죠. 이슬람이 세력을 모으자 귀족의 탄압을 받게 된 무함마드는 622년, 북쪽인 메디나로 옮기는데 이슬람은 이때를 성스러운 해라는 의미로 '헤지라'로 부릅니다.

이슬람은 642년 사산왕조 페르시아를 무너뜨리고 이어 711년에는 지금의 스페인과 포르투갈이 있는 이베리아반도까지 정복하게 됩니다. 자~ 이슬람의 세력 확대에 누가 가장 위협을 느꼈을까요? 바로 동로마 비잔틴 제국입니다. 그런데 732년 프랑크 왕국의 카를 마르텔이 지금은 프랑스 지역인 투르. 푸아티에 전투에서 이슬람교도를 격퇴합니다. 이 전투의 승리로 이슬람 세력은 이베리아반도에서 더 이상 서유럽쪽으로는 진출하지 못하게 되죠. 거기에 더해 754년 황제 피핀은 로마교황에게 랑고바르드족에게 빼앗은 영토를 교황에게 줍니다. 본래 로마교황은 정치적으로는 동로마제국에 속해 있었어요. 하지만 이로 인해교황은 동로마의 그늘에서 벗어나게 되고 세속적인 부와 권력을 가지게됩니다. 교회의 세속화는 바로 교황이 세속적인 힘을 얻으면서부터 시작되었던 거죠. 로마 교황은 이런 현실적인 이유로 800년에 프랑크 왕국의 카룰루스 대제(샤를마뉴)를 서로마 황제로 등극시켜요.

서유럽의 시작

프랑크 왕국은 그 후 843년에 세 개의 나라로 분열돼요. 지금 독일이 있는 동프랑크와 프랑스가 있는 서프랑크 그리고 이탈리아를 포함한 중프랑크로 분열되며 서유럽의 기초를 세우게 됩니다. 그중 동프랑크는 서로마황제를 이어받는 신성로마제국이 되는데요. 962년 오토 1세가 신성로마제국의 황제가 된 이후 무려 1806년까지 독일 국가 원수는 황제칭호를 가졌답니다. 로마 교황은 동로마 비잔틴제국으로부터는 자유로워졌지만 대신 신성로마제국의 영향 아래 놓이게 되는데요. 그런데 이때부터 교황과 신성로마제국 황제의 힘겨루기가 시작됩니다. 1077년에 일어난 유명한 카노샤의 굴욕은 왕과 교황이 어떤 대척점에 있었는지 알게 해주는 사건이죠. 카노샤의 굴욕은 신성로마제국의 황제가 교황 앞에 무릎을 꿇으면서 교황의 승리로 끝났지만, 교황의 힘은 십자군 전쟁 이후 쇠퇴하게 됩니다.

카노샤의 굴욕 이후 19년 후에 서유럽의 판도를 바꿀 전쟁이 시작됩니다. 바로 십자군 전쟁인데요. 1096년부터 1270년까지 모두 8차에 걸쳐서 이슬람과 크리스트교 국가 사이에 일어난 전쟁입니다. 처음 1차를 제외하고는 모두 이슬람의 승리로 돌아가는 전쟁이었어요. 십자군 전쟁은 십자군 원정이라고도 하는데요. 원정이란 말처럼 많은 군사들이 오랜 기간 새로운 지역을 오가면서 교류하게 됩니다. 이런 교류들로 인해 여러 변화가 생기면서 역사는 흘러가죠.

십자군 전쟁으로 인해 해양 도시들이 발달하게 되는데 그중의 하나가 베네치아를 비롯한 이탈리아 도시들입니다. 이탈리아는 반도로 바다에 접해있는 도시들이 많이 있는데요. 전쟁이란 단지 군사만 필요한 것이 아니라 군사들이 먹고 자고 생활할 기반이 필요해지죠. 이런 전쟁 물자를 조달하던 도시들이 바로 르네상스가 시작되었던 곳이라는 점에서 역사는 참 재미있다는 생각을 하게 됩니다. 상업을 중심으로 성장하게 된 이런 도시들이 형성되면서 도시 수공업자들이 힘을 가지게 되고, 이들이 새로운 세력으로 성장하게 됩니다.

결국 십자군 전쟁은 크리스트교의 처참한 실패로 돌아가고 교황의 권위는 추락하게 되죠. 교황의 권위는 교회 권력의 추락으로 이어졌고 부패한 종교에 반대하는 새로운 사상들이 새롭게 주목받게 됩니다. 성직자들이 면벌부를 발행해 이득을 챙기기에 이른 부패한 크리스트교에 저항하기 시작하죠. 마침내 1517년 독일 성직자 마르틴 루터는 비덴베르크 대학 교회당 정문에 유명한 '95개 조의 논제'라는 제목으로 면벌부 판매와 더불어 교회의 부정을 비판하는 글을 게시합니다. 루터로부터 시작된 종교개혁은 장 칼뱅으로 이어져 가톨릭에서 개신교, 프로테스탄트로 분리되죠.

르네상스의 시작

교회 권력의 추락으로 인해 그리스 사상이 새롭게 주목받으며 인문으로 돌아가자는 르네상스의 바람이 불게 됩니다. 종교가 인간을 구원하지 못한다는 사실은 결국 인간과 세상에 대한 관심으로 돌아서게 됩니다. 마치 기원전 5세기에 여러 사상이 나왔던 것처럼 르네상스시기에 예술과 문화 그리고 철학이 다시 꽃을 피우기 시작합니다. 14세기에서 16세기에 걸쳐 일어난 문예부흥 운동은 이후 과학혁명과 더불어 인간을 새로운 세상으로 이끌고 가는 역동적인 시대가 열리게 됩니다.

마키아벨리가 살던 이탈리아 상황

마키아벨리의 '군주론'은 1519년에 세상에 나옵니다. 프랑크 왕국이 나뉘던 당시 중프랑크에 속했던 이탈리아는 동프랑크와 서프랑크에 서서히 흡수되며 소멸합니다. 이탈리아 북부는 신성로마제국의 일부가 되고 십자군 전쟁 당시 부흥했던 베네치아와 밀라노 등 여러 도시는 독립을 하여 도시국가 형태를 이루게 되죠. 이탈리아 중부에 로마 교황청이 있었지만, 십자군 전쟁 이후 교황청의 권위가 떨어지자 피렌체와 시에나 등이 분리 독립했어요. 남부는 나폴리 왕국이 다스리고 있었죠. 이렇게 이탈리아는 통일국가를 이루지 못하고 여러 도시를 중심으로 나뉘어 도시국가를 이루다 무려 1861년에야 이탈리아는 통일국가를 이루게 됩니다.

또, 마키아벨리가 활동하던 시기는 종교개혁과 더불어 교회의 권위가 약해지는데요. 여기서 잘 살펴봐야 하는 것이 바로 권력의 이동입니다. 자~ 교황의 권위가 추락하면 누가 힘을 더 가져갔을까요? 네~ 맞습니다. 바로 황제입니다. 종교개혁 이후 왕권 강화가 시작됩니다. 마키아벨리가 군주론을 쓰게 된 배경에는 바로 이 프랑스와 영국을 중심으로 시작된 절대왕권이 있었던 거죠. 강력한 왕권 국가인 프랑스의 끊임없는 침략을 받았던 이탈리아의 마키아벨리가 강력한 군주에 대해 설계도를 그렸던 건 시대 흐름상 당연한 것이었죠.

텍스트 포인트 읽기

군주론은 당시 중부의 피렌체를 다스리던 메디치 왕에게 보낸 글이에요. 마키아벨리는 이 책의 서문에 편지를 씁니다. 편지 제목은 니콜로 마키아벨리가 위대한 로렌조 메디치 전하께 드리는 편지인데요. 이렇게 분열된 이탈리아의 앞날에 대한 걱정과 함께 마키아벨리는 메디치가의 왕에게 나라를 다스리는 군주의 역할에 대해 조언을 하는 것이 군주론의 핵심입니다. 마키아벨리는 구체적인 예를 들어가며 26장에 달하는 제안을 바치게 됩니다.

군주론은 신생 군주국이 손에 넣은 영토를 어떻게 해야 성공적으로 유지할 수 있는지에 대한 조언을 담고 있는 책입니다. 군주론은 첫 시작부터 새로운 소유지를 계속 지배하고 싶다면 첫째, 이전 군주의 혈통을 끊을 것과 둘째, 기본의 법률이나 조세제도를 고치지 말 것을 조언합니다. 시작부터 강렬하죠. 마키아벨리는 소유지를 다스리는 가장 효과적이고 확실한 방법이라고 생각했던 거죠. 한 나라의 법률이나 조세제도를 함부로 건들면 혼란이 오거나 반발하는 세력들이 생길 수 있다는 걸 마키아벨리는 알았던 겁니다. 여기서 기억해야 할 건 이 경우는 정복지의 언어나 풍습이 같은 지역일 때라는 건데요.

그렇다면 정복지 주민들의 언어와 풍습 그리고 법률이 다를 경우는 어떤 조언을 했을까요? 마키아벨리는 이런 경우는 3가지를 지켜야 한다고 조언하는데요. 첫째, 정복자 자신이 그 지역에 정착할 것, 둘째, 나라의 발판이 될 만한 지역을 골라 사람들을 이주시키거나 군대를 주둔시킬 것, 셋째, 주변 약소국가들을 회유하여 손을 잡아 세력이 커지지 못하게 경계할 것입니다. 이렇게 해야 안 좋은 징조가 보일 때 시기를 놓치지 않고 막을 수 있기 때문이라고 말하죠. 언어가 다르다는 건 그만큼 거리가 멀다는 뜻이고, 그렇다면 정복자의 영향력이 직접적으로 미치지 못한다면 어떤 상황이 벌어질지 모르니 정착해야 한다는 조언이 상당히 논리적으로 느껴집니다.

그러면서 주변 약소국들과 손을 잡아야 하는 이유를 당시 프랑스의 루이 12세가 나폴리를 정복했다 바로 빼앗기게 된 것을 예로 들어요. 루이 12세는 주변 약소국가와 손을 잡지 않고 무조건 멸망시켰거든요. 그리고 이탈리아에 거주하지도 않았어요. 물론 프랑스인들을 이주시키거나 군대를 주둔하여 식민 통치를 하지도 않았고요. 마키아벨리는 루이 12세가 교황 알렉산데르가 로마냐를 점령하도록 도와주고, 교회의 세력을 확장시켜 주는 바람에 결국 야심가들과 불만 세력이 의지할 수 있는 적이 되도록 돕고 말았음을 경고합니다. 마키아벨리는 강조합니다. 전쟁은 피할 수 있는 것이 아니기 때문에 전쟁을 미루다 보면 오히려 더 불리하게 된다고 말이에요.

이미 자유를 누리던 나라를 다스리려면 나라를 송두리째 무너뜨리고, 정복자가 나라에 직접 이주하여 자치를 허용하되 국내에 충성스러운 신하를 보내 다스리게 해야 한다고 주장해요. 마키아벨리는 여러 형태의 국가를 나열하면서 어떻게 통치해야 하는지를 설파하는데요. 그의 주장의 공통점은 결국 강력한 군주입니다. 중국 진시황은 직접 명령을 내리고 결과를 듣기 위해 도로를 닦았으며, 자신의 심복들을 관리로 임명해 지방에 내려보내는 통치를 했죠. 결국 왕권이 강화된 중앙집권의 핵심은 권력이 하나로 집중되게 하는 거죠. 마키아벨리가 주장하는 군주론은 하나부터 열까지 군주가 직접 관리하거나 내 편을 두어 나의 권한 밖으로 힘이 새어나가지 못하게 하는 게 핵심이란 걸 기억하면 됩니다. 이런 주장의 바탕에는 서유럽에서 교황 대신 왕권이 강해지는 시대가 있었기 때문이고요.

그리고 또 하나 중요한 권력의 중심에는 바로 군대가 있죠. 마키아벨리도 군대는 반드시 군주와 국가에 봉사해야 한다고 말하며 군주가 직접 지휘권을 쥐고 전쟁터에 나가서 관리 감독해야 한다고 말합니다. 가게 주인이 가게를 지켜야 장사가 잘 된다는 것처럼 말이죠. 훗날 지나치게 권력이 집중된 절대왕정은 프랑스혁명을 비롯한 시민혁명으로 무너지게 되지만, 당시 시대 흐름은 강력한 군주만이 혼란을 잠재우고 질서를 유지할 수 있다고 생각했던 거죠. 교황이 쥐고 있던 신의 권력을 대신할 권력이 필요했던 거고요. 그래서 신의 권력을 이어받았다는 왕권신수설을 주장하게 됩니다.

마키아벨리는 군주는 자기의 지위를 얻기 위해서는 악도 행할 줄 알아야 하며 원칙보다는 경우에 따라 선을 취할 수도 버릴 수도 있어야 한다고까지 말합니다. 거기에 더해 군주는 사랑받기보다 두려움의 대상이 되어야 하죠. 그편이 군주의 자리를 유지하는 데 더 안전하다고 말합니다. 왜냐하면 인간은 대체로 배은망덕하고 거짓을 일삼고 비겁하고 인색하기 때문이죠. 마키아벨리가 생각하는 인간은 아름다운 존재는 아니었나 봅니다. 여기서 궁금해지네요. 마키아벨리가 말하는 그런 인간에 자신도 포함한 걸까요? 자신을 포함했든 안 했든 간에 마키아벨리의 군주는 고대 그리스 시대에 통치자가 가져야 할 덕목과는 꽤 거리가 멀어 보입니다. 물론 마키아벨리의 사상도 시대의 변화에 맞추어 달라졌던 거죠.

군주가 어려운 존재가 되어야 하지만 경멸과 미움을 받지 않도록 조심해야 한다고 조언합니다. 비난받을 일은 다른 사람에게 맡기고 호감을 받을 수 있는 일은 직접 해야 한다고 말하죠. 아무리 튼튼한 요새를 가지고 있더라도 백성들에게 적의를 갖게 하면 소용이 없다고 말해요. 마키아벨리는 이탈리아 군주들은 군사에 대해 취약하고 백성을 적대시하거나 귀족에 대해 대비하지 못했기 때문에 영토를 잃었다고 말합니다. 당시 상류층들이 백성을 대하는 인식이나 태도가 어느 정도였는지 알 수 있는 대목입니다. 오죽하면 일부러 보여주기 위한 일을 하라고 했을 정도였으니 말이에요.

마키아벨리는 측근과 대신들을 소중히 여기고 자비심을 베풀어 무거운 짐도 나누어야 하지만 빛나는 영예도 함께 나누라고 조언하는데요. 그렇다고 신하들이 너무 편하게 직언을 하도록 두어서도 안 된다고 하죠. 군주는 의견을 경청하되 결단은 직접 내려 누가 결정권자인지를 확실하게 할 것을 당부합니다. 마키아벨리는 불가피한 전쟁은 오히려 정의롭고, 무력만이 희망일 때 무기는 신성하다는 글로 군주론을 마무리합니다. 당시 서유럽 국가들의 영토전쟁이 얼마나 살벌했는지 알 수 있어요. 이런 시대 상황에서 마키아벨리가 전쟁만이 국가의 안위를 지켜낼 수 있다고 주장한 건 어쩌면 당연해 보이죠?

유럽은 십자군 전쟁을 비롯하여 서로의 땅을 침략하는 오랜 전쟁을 벌여 왔습니다. 서유럽의 영토는 프랑스 땅이었다가 독일 땅이었다가 했죠. 특히 국경을 접해있는 도시들은 언어와 풍습이 뒤섞여 있는 경우도 많습니다. 인간의 정복욕과 탐욕은 인간 사회를 변화시키는 가장 큰 힘이라는 걸 새삼 깨닫게 합니다.

십자군 전쟁 이후 약해진 교황의 권력은 늘 교황과 각을 세우던 왕에게로 옮겨가게 됩니다. 십자군 전쟁의 기사들은 왕을 호위하는 군사들이 되었고, 왕은 병력을 확보해 힘을 구축하기 시작합니다. 이때부터 절대 왕정 시대가 열립니다. 절대 왕정은 프랑스와 영국, 에스파냐가 대단했는데요. 영국의 이야기는 다음에 이어지는 토마스 홉스의 '리바이어던'을 보면서 자세하게 다루도록 할게요.

십자군 전쟁 이후 일어난 르네상스로 인해 유럽은 더 체계적이고 합리적인 사상들이 싹트게 됩니다. 인문의 부흥은 구텐베르크의 인쇄 활자의 발달이 중요한 역할을 하게 됩니다. 인쇄된 서적들이 널리 보급되어 더 많은 사람에게 지식과 정보가 전달되면서 문화예술은 부흥할 수밖에 없었던 거죠. 서유럽 역사에서 14세기부터 16세기는 엄청난 변화가 있었던 시기입니다. 페스트와 인쇄 활자 그리고 종교개혁과 대항해시대, 무엇보다 코페르니쿠스의 지동설로 뒤바뀐 세계관과 더불어 그야말로 획기적인 전환의 시대였거든요.

마키아벨리 시대 이후 17세기로 접어든 유럽은 흔히 천재의 시대라 불릴 만큼 많은 천재가 나왔는데요. 무엇보다 과학의 발달은 세계를 기술의 시대로 이끌 준비를 하고 있었죠. 이제 세상은 그야말로 새로운 시대를 맞이하고 있었습니다. 역사는 마치 흐르는 강물처럼 이어지면서 발전해왔습니다. 인문고전은 그 흐름을 증명하는 증거이죠. 뉴턴 이후 과학기술의 발전은 인류를 산업혁명의 시대로 접어들게 했고, 세상은 자본주의라는 새로운 흐름을 만들어냅니다. 과학적 증명은 사람들에게 논리적이고 합리적인 사고의 중요성을 깨닫게 해주었고, 이후 서양 사상은 논리와 합리성을 겸비한 지성적인 사상으로 발전하게 되죠.

한 국가의 리더의 자질 중에서 대중의 인기는 다른 자질에 비해 얼마나 중요할까요?

리더란 참 흥미롭습니다. 어떤 집단의 리더인가에 따라 필요한 자질도 달라지거든요. 만약 경제집단의 리더라면 경제적 감각과 과감한 결단이 필요하겠죠. 하지만 종교적인 집단의 리더라면 정직성과 신성한 품격이 필요할 테고요. 무엇보다 정치적 리더의 자질은 특히 흥미롭습니다. 정치적인 리더는 능력뿐만 아니라 대중에게서 호감을 받아야 하기 때문인데요. 사실 존 에프 케네디나 버락 오마바를 비롯한 많은 대통령들이 대중에게 인기가 많았죠. 그렇지만 대중의 인기만으로 한 국가의 리더가 되는 건 아니죠. 대중의 인기라면 차라리 팝스타가 되는 게 나을 테니까요. 그럼에도 대중에게 정치가는 능력도 중요하지만 호감도 역시 중요하게 작용합니다. 왜냐하면 정치가는 대중들에게 어떤 식으로든 비전을 제시해줘야 하기 때문입니다. 정치가는 현실적인 방안도 제시해야 하지만, 이전과는 다른 새로운 비전을 보여줘야 합니다. 국민들은 냉철한 판단으로 현실에 필요한 실용적인 리더보다는 호감 가는 리더를 선호하는 경향이 짙은데요. 그래서 상대를 비호감으로 만들기 위한 흠집내기에 열을 올리죠. 정치적 리더의 개인 사생활은 그들이 처리하는 정치적인 판단력과 관련이 없을지라도 비호감 이미지가 강하면 여전히 불리하게 작용하니까요.

02

토머스 모어
유토피아

시대 흐름 읽기

'우물쭈물하다가 내 이럴 줄 알았다.' 자신의 묘비에 이런 글귀를 남겼던 토머스 모어는 유머가 뛰어난 사람으로 알려져 있습니다. 토머스 모어의 유토피아는 인문적인 내용이 많이 담겨 있지만 읽기에 어렵지 않습니다. 유토피아는 소설인데요. 라파엘 히틀로다이오라는 등장인물이 토머스 모어에게 유토피아에 대해 말해주는 화자로 등장합니다. 형식은 이야기로 구성되어 있지만, 내용은 시대 상황에 대한 비판과 이상적인 국가에 대한 이야기로 꽉 차 있습니다. 유토피아가 단순히 소설이 아니라 인문고전으로 분류되는 이유이기도 하죠. 토머스 모어는 영국의 정치가이자 인문주의자였습니다. 정치가이니까 국가를 어떻게 운영해야 하는지 또는 좋은 국가란 무엇일까에 대해 항상 고민해 왔겠죠.

영국의 시대 상황

유토피아는 1516년에 세상에 나왔습니다. 앞서 읽었던 마키아벨리의 '군주론'보다 3년 먼저 나왔는데요. 이 당시 영국은 절대왕정이 시작된 시기였어요. 영국은 13세기에 이미 통일국가를 이루고 왕권정치가 자리를 잡았기 때문에 이탈리아와는 상황이 달라요. 영국은 산업혁명이 시작된 나라로 다른 유럽 국가에 비해 앞섰던 나라입니다. '태양이 지지 않는 나라'라는 별명이 있을 정도로 대항해시대에 아프리카와 아메리카에 식민지를 두어 전 지구적인 범위의 영토를 가졌던 나라죠. 앞서 살펴본 대로 십자군 전쟁 이후 1347년부터 시작된 페스트는 3년간 유럽을 휩쓸며 유럽 인구의 5분의 1을 감소시킵니다. 노동 인구의 감소로 중세 유럽의 경제 기반인 장원제도가 흔들리게 됩니다.

인클로저 운동

이로 인해 15세기부터 16세기까지 영국은 장원이 붕괴되고 독일은 인쇄 활자의 도입과 함께 시작된 종교개혁으로 교회의 신적인 권력이 흔들린 시대입니다. 대신 왕의 권한이 확대되어 절대 왕정의 시대로 들어가게 되죠. 장원이 붕괴되고 영국의 농업은 다른 양상으로 변화하게 됩니다. 당시 유럽은 양모 가격이 오르자 인클로저 운동이 시작되는데요. 이로 인해 농업이 작농 기반에서 농업의 산업화로 옮겨가는 시기라고 보시면 됩니다. 인클로저 운동은 15세기 말부터 시작되었는데, 영국의 대지주나 영주들이 공유지나 미개간지에 울타리를 쳐서 경계를 만든 걸 말합니다.

자~ 그럼 농민들은 이제 어떻게 되었을까요? 많은 농민이 졸지에 농경지를 잃게 되었겠죠? 결국 농민들은 먹고 살길을 찾아 도시로 모여들게 됩니다. 인클로저 운동은 1차와 2차에 걸쳐 일어나는데요. 1차는 16세기부터 17세기까지 일어납니다. 이때는 농민들이 도시로 유입되는 것보다 먼저 농가의 황폐화가 진행되고 빈곤이 증가하게 돼요. 그러다 2차 인클로저 운동이 일어난 18세기에서 19세기에는 결국 농민들이 도시로 옮겨가게 됩니다. 이렇게 도시로 온 농민들은 어떤 일을 하며 먹고 살았을까요? 네~ 맞습니다. 산업혁명과 맞물려서 공장의 임금노동자가 되죠. 임금노동자라는 새로운 계층이 탄생하게 된 시작이 바로 인클로저 운동입니다. 토머스 모어가 살던 1500년대는 1차 인클로저 운동이 벌어지던 시대였고 텍스트에도 인클로저에 대한 이야기가 나오죠. 이제 텍스트를 살펴볼까요?

텍스트 포인트 읽기

유토피아의 핵심 내용은 사유재산이 존재하는 나라는 정의롭고 살기 좋은 나라가 되기는 어렵다는 걸 말합니다. 그렇다면 어떤 나라가 살기 좋은 나라일까요? 사유재산도 없고 공동생활을 하면서도 다툼이 없는 나라를 그리고 있는데요. 재미있는 건 유토피아란 말이 그리스어로 '없다'는 뜻을 담은 우(ou)와 장소를 뜻하는 토포스(topos)를 합친 말로 결국 존재하지 않는 나라라는 건데요. 토머스 모어 자신조차 이런 나라가 존재하기는 불가능하다고 생각했던 거겠죠. 그럼에도 이런 소설을 쓴 이유는 무엇일까요? 마치 플라톤의 이데아처럼 현실이 엉망이어도 아름다운 이상은 필요하다고 생각했기 때문이지 않을까요?

유토피아는 2권으로 구성되어 있어요. 1권은 라파엘 히틀로다이오라는 사람을 만나는 장면부터 시작되는데요. 라파엘이라는 사람은 유토피아에 다녀온 사람입니다. 라파엘은 포르투갈 사람인데 아메리고 베스푸치의 탐험대에 들어가 많은 모험을 한 사람으로 나오죠. 토머스 모어는 페터에게 라파엘을 소개받고 그의 모험 이야기를 듣게 돼요. 하지만 본격적인 모험 이야기는 2권에서 이어지고 1권은 현재 정치를 비판하는 내용이 나옵니다.

인클로저 운동의 비판

토머스 모어는 귀족들은 수컷 벌처럼 아무 일도 하지 않고 남의 노동에 기대어 살아간다고 비판해요. 또, 군인과 도둑은 한 끗 차이일 뿐이니 용병을 두는 건 위험하다고 말하죠. 그러면서 이 나라 양들은 아주 조금만 먹어도 됐는데 지금은 아주 탐욕스러워져서 농장과 집과 마을을 집어삼킨다고 말해요. 이건 그 당시 인클로저 운동을 비판하는 내용입니다. 당시 양모 가격이 오르자 더 많은 양을 키우기 위해 더 넓은 지역에 양들의 우리를 만들기 시작해요. 점점 더 넓은 지역에 울타리를 치고, 소작농들을 몰아내고 그것도 모자라 자작농들마저 괴롭혀서 땅을 팔게 만든다며 대놓고 인클로저 운동을 비판합니다.

부자들의 시장 독점에 대한 비판

토머스 모어는 이렇게 농업을 산업화하는 부자들이 시장을 독점하는 걸 규제해야 한다고 말합니다. 농업을 재건하고 모직업을 회복시켜 가난 때문에 도둑이 되었거나 일이 없는 사람들을 구해야 한다고 주장하죠. 어린 시절을 가난하게 보내면 절도범이 되는 경우가 많은데, 그들이 그대로 성장하여 강도가 되었을 때 처벌하는 국가가 대체 무엇이냐고 반문해요. 말하자면 국가의 역할에 대한 의문을 던지고 있는데요. 그러면서 당시 가난 때문에 죄를 지은 절도범을 사형까지 시키는 것은 부당하다고 비판하는데요. 신이 사람을 죽이지 말라 하였는데 인간이 면벌부를 남발하면서까지 사형을 하는 것에 대해 강하게 비판하고 있습니다.

외교관계에 대한 비판

토머스 모어는 당시 외교관계도 비판하는데요. 프랑스가 이탈리아를 복속시키려 한다면서 프랑스는 이탈리아는 내버려 두고 국내 문제에 집중해야 한다고 말하죠. 당시 유럽의 상황이 이렇다 보니 이탈리아의 마키아벨리도 군주론이란 책을 내게 되었던 거죠. 유럽은 서로의 영토를 두고 지속적으로 전쟁했고, 프랑스와 영국이 벌인 백년전쟁은 1337년부터 1453년까지 무려 116년 동안이나 이어졌죠. 물론 중간에 휴전과 전쟁을 되풀이했지만, 토머스 모어는 전쟁을 벌여 백성을 가난하고 궁핍하게 만든 왕에게는 존엄과 권위는 없다고 신랄하게 비판합니다. 이렇게 유토피아의 1권은 영국 상황에 대한 비판으로 마무리돼요. 그럼 이제 2권으로 넘어가 볼게요.

유토피아의 2권에 드디어 유토피아에 대한 라파엘의 이야기가 나옵니다. 이야기에 나오는 유토피아는 섬인데요. 섬 안에는 54개의 도시가 있는데, 중요한 건 모두 같은 언어와 관습 제도 법률을 사용한다는 거예요. 이게 중요합니다. 앞에서 다룬 마키아벨리의 군주론 기억나시나요? 군주론에서 주장하는 것이 식민지를 다스릴 때 법률과 언어를 통일해야 한다고 했던 것 기억나실 겁니다. 이미 국가를 다스리는 가장 효율적인 방법에 대해 토머스 모어는 알고 있었네요. 유토피아 섬에서 가장 정중앙에 위치한 아마우로스라는 도시는 꿈의 도시라는 뜻으로 유토피아에서 가장 살기 좋은 도시로 표현됩니다.

아마우로스의 특징은 사유재산이 없고 집 또한 10년마다 추첨으로 정해진다고 하는데요. 어디서 많이 들어본 것 같지 않으세요? 네~ 플라톤의 국가론에 나온 수호자들이 사는 곳 같지 않나요? 사실 1권 마무리에 플라톤의 공유사상에 대해 이미 라파엘은 공감한다며 말을 했어요. 다른 게 있다면 플라톤의 국가론에서는 지도자인 수호자가 중심이었다면, 유토피아는 국민 개개인으로 확대되었다는 점이죠. 토머스 모어는 욕망에 집착하지 않는 이성적인 인간에 대한 믿음을 보여주는데요. 사유재산이 없는 세상을 이미 경험한 인간에게 소유욕은 별 의미가 없다는 걸 보여주고자 했죠. 하지만 인간에게 욕망이란 경험과는 상관없이 제거되는 게 아니란 걸 알았던 거겠죠. 제목에서 이미 실제로는 없는 세상이란 걸 전제하고 있으니까요. 물론 어딘가에는 있을 거라는 희망만은 남겨두어야 하겠지만요.

유토피아의 모습

유토피아에서 재미있는 것 중 하나는 식사는 집에서 가까운 관청에 차려놓고 먹는 거로 되어 있어요. 각자 집에서 식사 준비를 하지 않아도 돼요. 그런데요, 관청에 차려 놓은 식사 준비는 여자가 해야 한다고 나와 있답니다. 여전히 여성에 대한 인식은 고대와 크게 다르지 않죠. 여행에 관한 것도 흥미로운데요. 여행의 자유는 있지만 여행허가증이 없이 도시를 벗어나면 도망자가 됩니다. 무단으로 도시를 벗어나면 노예로 강등된다고 하죠. 잠깐만요, 유토피아에는 노예가 있다는 것을 기억해야겠네요. 가만있자, 과연 유토피아인가요? 여행의 자유도 없고 노예가 있는 섬이라니!

더 황당한 건 결혼 상대자를 선택하는 방법입니다. 모두 벌거벗은 몸을 보여주고 배우자를 선택하게 되어 있는데요. 배우자를 선택하는 방법의 가장 큰 요인이 육체적인 조건이라는 발상을 어떻게 봐야 할지 망설여지는군요. 실제로 배우자를 선택할 때 외모나 육체적인 선호가 있는 건 사실이지만 너무 기능적인 접근방식이 아닌가 싶군요. 또, 유토피아는 옷도 집에서 만들어 입는데 평생 같은 옷을 입어야 해요. 흐음~ 개성이라곤 찾아볼 수 없는 사회네요. 읽으면 읽을수록 이상적이라기보다는 획일주의에 빠진 나라일지도 모르겠다는 생각이 듭니다. 사실 애초에 사유재산이 없다는 전제하에 인간의 욕망을 제거한다는 기본 전제가 깔려있기 때문인데요. 뒤집어 생각하면 인간의 욕망에 대한 통찰력이 있었기 때문에 가능할 수도 있네요. 인간에게 욕망이 있는 한 이상적인 세상은 존재하지 않을 테니까요. 그렇다면 토머스 모어는 존재하지 않을 세상에 대한 이야기를 왜 만들어냈을까요? 자신도 믿지 않는 세상을 그려내다니 모순적으로 느껴지지만, 더 나은 세상을 상상한다는 건 한편으론 멋진 일이기도 하죠.

유토피아에는 일종의 관리자인 시포그란토르라는 직업이 있다고 해요. 이들은 놀고먹는 자가 없도록 사람들을 감독하죠. 그런가하면 노동을 면제받는 사람도 있어요. 이들은 200명 정도로 학문을 연구하는 학자인데 성직자와 시포그란토르가 비밀리에 선발하죠. 도스트예프스키의 바보이반에서처럼 손에 노동의 흔적인 굳은살이 없는 자는 유토피아에는 없겠네요. 이런 유토피아에는 법률이 많지 않습니다. 법은 단순하고 알기 쉬워야 모든 사람이 법을 알고 지킬 수 있기 때문이죠. 법은 단순해도 종교는 여러 종교가 섞여 있어요. 하지만 점차 합리적이고 이성적인 하나의 종교만을 받아들이고 있다고 하죠. 유토피아를 읽으면서 영화 '기억전달자'가 떠올랐어요. 인간의 감각을 제거하고 욕망마저 제거한 미래 세상에 사는 사람들의 모습과 유토피아에서 사는 사람들의 모습이 많이 오버랩 되었어요. 유토피아가 가능하려면 기억전달자에 등장하는 사람들처럼 욕망을 억누르는 주사를 매일 맞아야 가능할지도 모르겠네요.

유토피아가 세상에 나온 지 1년 후 종교개혁이 시작됩니다. 역사에서 종교개혁은 반드시 알고 넘어가야 하는 지점입니다. 교회 권력은 면벌부를 판매하고 성직을 매매하는 등 그야말로 타락한 일개 장사꾼이 되어있었죠. 독일의 성직자 마르틴 루터는 1517년 교회의 부정함을 95개의 조항으로 반박문을 교회 문에 붙여서 공개합니다. 결국 1521년 마르틴 루터는 성직자에서 파문당하지만 1440년에 발명된 인쇄활자의 보급으로 마르틴루터의 반박문이 널리 알려지면서 종교개혁은 힘을 받게 됩니다. 종교개혁의 물결은 점점 커졌고 결국엔 기존의 가톨릭에서 나누어진 개신교라 불리는 프로테스탄트를 탄생시키게 되죠. 영국 국교회를 비롯해 청교도까지 많은 새로운 신교가 탄생하면서 가톨릭은 유럽을 휘두르던 신적인 권력에서 내려오게 됩니다.

또 하나 중요한 건 토머스 모어가 살던 시대는 대항해의 시대였다는 겁니다. 본문에 나온 아메리고 베스푸치를 비롯하여 마젤란과 콜롬버스까지 유럽은 새로운 땅을 찾아 나서는 새로운 시대를 맞이했거든요. 세상은 이제 바다 건너까지 연결되죠. 마치 누군가 열쇠를 넣어 빗장을 연 것처럼 말이에요. 하나의 세상이 마무리되고 새로운 세상이 열리는 것처럼 역사는 이전과는 많이 다르게 흘러갑니다.

대항해시대는 아메리카 지역에 사는 원주민들의 문명을 파괴하였고, 아프리카의 원주민들을 노예로 만드는 끔찍한 만행을 저질렀습니다. 노예무역으로 만들어놓은 차별과 갈등의 씨앗은 21세기인 지금까지 세계 곳곳에 남아있죠. 역사가 반드시 옳은 방향으로 흐르는 건 아니라는 걸 알게 됩니다. 물줄기는 그저 흐를 수 있는 곳으로 흘러가는 것처럼 역사는 시대 상황이 이끄는 대로 흘러갑니다. 물이 흐르는 지형을 자연이 만들어낸다면, 시대 상황이 흘러가는 방향은 우리 인간들이 만들어 낸 거겠죠.

질문 꺼내 읽기

인간에게 가장 이상적인 사회란 어떤 사회일까요?

　　이상적인 사회가 존재할 수 있을 것인가 하는 질문은 어쩌면 의미가 없는 것일지도 모릅니다. 왜냐하면 어떤 조건의 사회일지라도 모든 시민이 만족하기는 어렵기 때문이죠. 그렇다면 이상적이기를 바라기보단 덜 나쁜 사회를 위해 애쓰는 것만이 길일지도 모르겠네요. 그렇다면 인간에게 덜 나쁜 사회는 어떤 사회일까요? 먼저 인간은 욕망이라는 전차를 타고 달리는 존재입니다. 인간에게 동기부여란 살아가는 연료이기도 하죠. 저마다 동기가 부여되는 조건은 다르겠지만, 인간에게 목표에 도달해야 해야만 하는 이유는 반드시 필요하죠. 욕망을 제거한 극단적인 평등사회는 인간에게 전혀 매력적이지 않다는 걸 우리는 경험을 통해 알게 되었습니다. 하지만 욕망을 불태우며 달리는 것만이 정답이 아니라는 사실도 알게 되었죠. 우리가 타고 달리는 전차에서 나오는 각종의 해로운 물질은 지구를 병들게 하고 우리 자신마저 위태롭게 만들고 있으니까요. 그리고 보니 인간에게 이상적인 사회란 정말 어렵네요.

그럼에도 우리는 경제적 차이가 있지만 그 차이가 크지 않기를 바라고, 대부분은 권리나 혜택을 누리기를 바라죠. 대신 우리는 모두 합당한 노동을 통해서 얻기를 바라고요. 노동의 차이 또한 서로 비슷하기를 바랍니다. 그렇다면 우리가 그런 이상적인 사회를 만들기 위해 바라지 않고 먼저 해야 할 일은 무엇일까요?

03

세르반테스
돈키호테

문학의 시작

　　문학의 시작은 고대 그리스 시인 호메로스의 '일리아드 오디세이'라고 알려져 있는데요. 일리아드 오디세이는 고대 그리스와 페르시아 영웅의 이야기를 신화와 더불어 풀어낸 서사시입니다. 말하자면 영웅 스토리죠. 고대 문학의 시작은 시라고 하죠. 왜 시였을까요? 잠시 문학의 역사를 살펴볼게요. 문학은 다른 인문고전과 마찬가지로 역사 속에서 정치와 함께 발전했습니다. 왜냐하면 문자란 지배층의 소유물이었고, 지금으로 따지면 정보였기에 통치자와 귀족층들만 독점했거든요. 인류는 국가란 체계적인 시스템이 생기기 전부터 종교를 만들어냈어요. 우리나라 단군의 어원도 사실 '탱그리'라는 하늘을 뜻하는 단어에서 시작되었다고 하죠. 단군은 제사장이자 통치자였습니다. 선사시대부터 종교는 힘의 원천이었고 통치 도구였죠. 고대 국가에서 제사의식은 곧 통치 집단이 백성들 통합을 위해 치르는 의식이었으니까요. 그렇게 문학은 하늘에 고하는 제사 의식에서 읽는 일종의 축문으로 시의 형식에서 시작되었죠.

고대 그리스 문학에는 호메로스 이후 소크라테스와 비슷한 시기를 살았던 소포클레스와 헤로도토스가 있어요. 특히, 소포클레스는 '오이디푸스왕'과 '엘렉트라', 그리고 '안티고네' 등 그리스 비극으로 알려진 다수의 작품을 남겼는데요. 그의 작품은 훗날 정신분석학에서 인용할 만큼 소포클레스의 비극은 인간의 본성을 다룬 위대한 작품이죠. 하지만 그리스 이후 중세 시대는 암흑의 시대란 말처럼 신학 연구에 한정되어 있었어요. 토마스 아퀴나스의 신학대전과 1303년에 나온 단테의 신곡 또한 십자군 전쟁 이후이긴 하나 중세의 종교적 관점에서 벗어나지 못했죠. 단테는 이탈리아 시인으로 지옥과 천국을 다녀온 서사시가 바로 신곡인데요. 고대와 중세를 지나는 동안 문학은 서사시 정도에서 머무르게 되는데 인쇄 활자 이전의 시대라 대부분 구전문학이었죠. 그러다 15세기와 16세기 근세 르네상스 전성기에는 레오나르도 다빈치와 미켈란젤로 등 수많은 미술예술가가 등장하죠.

세르반테스가 살던 시대 상황

1604년 발표된 돈키호테는 에스파냐(스페인)의 소설가 미구엘 데 세르반테스가 쓴 작품입니다. 비슷한 시기에 영국에는 위대한 작가 윌리엄 셰익스피어가 있었어요. 셰익스피어는 엘리자베스 1세 시대인 1590년부터 작품 활동을 하기 시작했어요. 돈키호테가 출간된 시기는 셰익스피어가 너무나 유명한 햄릿을 비롯해 왕성한 작품 활동을 하던 시기죠. 1600년경의 스페인은 아주 재미있습니다. 스페인 에스파냐는 711년에 이슬람 제국의 침공으로 스페인 남부는 꽤 오랫동안 이슬람의 문화에 익숙해져 있던 곳입니다. 무려 1502년에야 이슬람교도를 추방하게 되거든요. 카스티야 왕국의 이사벨라와 아라곤의 페르난도가 1489년에 결혼하면서 에스파냐는 비로소 한 국가의 형태를 갖추게 됩니다. 그렇게 카스티야와 아라곤은 연합 왕국을 만들죠. 이후 1492년 콜럼버스가 신대륙을 발견하면서 스페인은 새로운 유럽의 강자로 떠오르게 됩니다. 스페인의 무적함대는 여러 국가와의 해양 전쟁에서 승리하면서 국력을 쌓아가게 됩니다. 세르반테스의 돈키호테가 탄생할 무렵의 스페인은 강력한 국가였고, 격동의 시간을 겪고 있지는 않았습니다.

그래서인지 돈키호테는 기사도 정신을 비웃는 유쾌한 소설입니다. 심각하지 않습니다. 에스파냐는 전통적인 가톨릭 국가로 십자군 전쟁에 참여하였습니다. 십자군 전쟁은 1096년부터 시작해 1270년까지 무려 174년 동안 지속되면서 일종의 기사도 문화를 만들어냈는데요. 기사도 문화는 왕뿐만 아니라 여자와 약자를 지키는 용맹함을 덕목으로 삼았죠. 하지만 이후 십자군 전쟁의 패배와 더불어 의미와 존재는 퇴색해져 가고, 시간이 지나면서 점점 덕목보다는 겉치레가 되어버렸죠. 이렇게 껍데기만 남은 기사도를 세르반테스는 돈키호테에서 꼬집었던 겁니다.

스페인 시골 라만차에 사는 한 노인은 기사들의 무용담 소설을 좋아했습니다. 그러던 어느 날 그는 문득 기사가 되어야겠다고 생각하고 둘시네아 공주를 구하러 이웃집 농부 산초와 함께 모험을 떠나죠. 돈키호테가 이렇게 말도 안 되는 이유로 기사가 되어 길을 나선 것처럼 십자군 전쟁 당시 기사가 되었던 사람들의 이유 또한 별거 아닌 거라는 걸 꼬집었죠. 암튼 온갖 기행과 경험을 한 돈키호테가 고향 라만차에 돌아와 본래의 자신 알론소 키하노로 삶을 마감하는 이야기입니다.

하지만 돈키호테가 단지 기사도를 풍자하는 소설이었다면 오래도록 사람들에게 사랑받는 명작이 될 수 없었겠죠. 돈키호테는 인간에 대한 통찰을 보여준 소설이에요. 이상주의자인 돈키호테와 현실주의자인 산초를 통해 인간의 유형을 보여주는 명작입니다. 돈키호테는 인간에 대해 많은 생각과 질문을 하게 만드는 작품인데요. 읽다 보면 무모하고 미친 돈키호테가 사랑스러워지기까지 하거든요.

이상주의자를 대표하는 인물인 돈키호테는 과대망상에 빠진 사람입니다. 하지만 그걸로 그치지 않아요. 돈키호테는 이상을 실현하려는 삶의 태도를 가진 사람의 전형입니다. 우리가 잘 아는 대부분의 혁신적인 사람들은 대부분 과대망상에 빠졌다거나 미쳤다는 소리를 들었던 사람입니다. 에디슨이 그랬고 스티브 잡스가 그랬죠. 하지만 그들은 다른 사람들이 생각하는 방식으로 살아가지 않습니다. 돈키호테 소설에서도 돈키호테의 말도 안 되는 행동이 꼭 말썽만 일으키지는 않아요. 의도하지 않았지만 그의 그런 앞뒤 안 가리는 저돌적인 행동은 상황을 변하게 하고, 헤어진 연인을 다시 이어지게도 만들죠. 사회에서는 이상을 추구하는 사람들은 대체로 비난받게 되지만, 드물긴 하지만 말도 안 되는 그 이상이 현실로 이루어지기도 하잖아요. 그리고 그렇게 된 순간 비난은 바로 칭송으로 바뀌죠. 물론 돈키호테는 이야기 속에서 사람들에게 칭송받는 존재가 되는 건 아닙니다. 단지 인간의 전형을 보여준 통찰에 돈키호테의 위대함이 있는 거니까요.

그런가 하면 산초는 현실주의자의 전형이죠. 이해타산이 빠르고 현실 적응력이 뛰어난 산초는 돈키호테가 대책 없이 벌인 일과 황당해하는 사람들 중간에서 꼬인 상황을 조율하죠. 아마 산초가 없었다면 돈키호테의 모험은 길게 이어질 수 없었을 겁니다. 세르반테스는 돈키호테를 통해 이상주의자와 현실주의자가 서로에게 어떤 영향을 주고받는지를 보여주죠. 산초 또한 돈키호테가 아니었다면 작은 마을에 소작농으로 살았을 뿐, 새로운 경험은 해볼 수 없었을 겁니다. 결국 이상주의자와 현실주의자는 서로 필요한 존재라는 걸 보여주죠.

당시 돈키호테는 굉장한 인기를 얻었는데요. 왜 그랬을까요? 물론 세르반테스의 글솜씨가 뛰어나서이기도 하지만, 돈키호테 같은 이상주의자가 현실에서 드물기 때문에 더 매력적으로 느껴지지 않았을까요? 게다가 산초라는 인물이 가져오는 균형감이 이야기의 재미를 더했을 테고요. 돈키호테를 다 읽고 나면 이런 질문이 떠올라요.

——— "그럼 세상을 움직이는 건 이상주의자일까? 현실주의자일까?"

사실 세상은 무모하지만 말도 안 되는 일에 도전한 사람들이 세상을 바꾸었고, 21세기인 지금도 그런 사람들이 있어요. 테슬라 일론 머스크의 화성에 가겠다는 허무맹랑한 이야기도 돈키호테와 닮지 않았나요? 하지만 우리는 알고 있습니다. 돈키호테만으로 세상이 돌아가지는 않는다는 걸 말이에요. 그들이 매력적인 건 분명하지만 세상을 굴리는 건 많은 산초들이라는 걸 말입니다. 고전 문학을 읽는 재미는 바로 이런 질문에 있습니다. 인문학적인 질문이 세상을 돌아보고, 다르게 보고, 그리고 앞으로 나아가게 하는 것 아닐까요?

문학은 르네상스 이후 신이 아닌 인간에 대한 관심을 가지게 되고, 인간의 내면에 본질적인 접근을 시도합니다. 문학이 아름다운 건 사람을 이해하게 해준다는 점이에요. 사회과학이나 정치학이 말하는 큰 개념 속의 인간이 아니라 바로 내 옆에서 숨 쉬는 사람에 대해 애정을 가지게 해 주거든요. 돈키호테가 회사 안의 상사나 동료를 이해하게 해 주고, 그들과 함께 일할 수 있는 하루를 선물해 줄 수도 있겠죠. 하지만 돈키호테 작품 전반에 흐르는 분위기는 유쾌하고 우스꽝스러울 뿐이기에 그런 통찰이 작품 안에서 드러나지는 않아요. 작품에 숨어 있는 가치를 찾아내는 게 바로 고전 문학을 읽는 재미입니다.

돈키호테가 나오던 17세기에도 작가들이 있지만 대부분 알려지지 않았어요. 셰익스피어나 세르반테스 그리고 '실낙원'의 작가인 영국의 존 밀턴과 '돈 주앙'의 작가인 프랑스의 몰리에르 정도가 알려져 있죠. 셰익스피어처럼 극작가들이 많았던 17세기를 지나 18세기 중반이 되어야 산문 소설이 활발하게 나오기 시작합니다. 18세기 유명한 작가로는 '걸리버 여행기'의 영국작가 조너선 스위프트가 있어요. 걸리버 여행기는 1726년에 나온 작품인데요. 신대륙 발견 이후 새로운 세상에 대한 호기심이 신비한 모험 이야기를 만들어내었던 거죠. 산문소설은 19세기가 되면 유명한 작가들이 많이 나옵니다. 1813년에 출판된 '오만과 편견'의 작가 제인 오스틴을 비롯해 괴테와 도스트예프스키, 톨스토이 등 위대한 작가들이 탄생하죠.

그런가 하면 18세기에는 위대한 음악가 바흐와 헨델 그리고 모차르트가 있네요. 뒤를 이은 베토벤과 슈베르트에 이르기까지 18세기는 음악에도 놀라운 발전이 있었죠. 그래서 17세기부터 18세기를 천재의 시대라 할 정도죠. 이 시기는 과학, 수학, 미술, 음악, 문학 등등 인문학 전반에 걸쳐 위대한 천재들이 나왔어요. 르네상스를 기점으로 미술과 음악 그리고 문학에 이르기까지 예술은 대중들에게 친숙하게 다가서게 됩니다. 다음에 다루게 되는 문학작품은 19세기 작품들인데요. 여기서 다루는 작품들은 대부분 사회 현상이 배경이 되는 소설들로 인문고전과 함께 다루면 좋거든요.

질문 꺼내 읽기

우리는 왜 서로 다를까요?

　　요즘 만나는 사람들이 서로에게 던지는 질문이 있죠? MBTI가 뭐예요? 현실주의자와 이상주의자를 나타내는 S와 N의 특징을 찾아내 나와 타인의 성향을 분석하며 즐거워하죠. 그렇다고 MBTI로 무리 짓거나 끼리끼리 모여있지도 않는데요. 그건 또 왜 그럴까요? 그건 바로 경쟁력이 높지 않기 때문인데요. 어떤 집단이든 비슷한 성향끼리 모이면 발전 가능성이 낮아지죠. 우리는 서로 경쟁하면서 발전한다고 알고 있으니까요. 특히 조직에서는 서로 보완되는 관계가 일 처리에 더 유리하죠. 하지만 경쟁의 측면에서 보면 그렇지만 관계의 측면으로만 본다면 사실 비슷한 성향끼리 잘 지내는 게 더 좋죠. 어쩌면 MBTI는 배우자를 선택하는 데는 도움이 되겠네요. 그럼에도 불구하고 흥미로운 건 인간은 참 이상한 존재라 서로 다른 성향끼리 끌려서 사랑에 빠지는 경우가 더 많다는 거죠. 물론 이성에 한해서는 생물학자들이 밝혔듯 더 나은 유전자를 만들기 위한 최적의 조합이 다른 유전자의 교합이기 때문에 다른 성향의 이성에게 끌릴 수 밖에 없는 거지만 말이에요. 어쨌든 인간은 앞으로도 서로를 분류하고 교집합을 만들면서 즐거워할 듯 합니다. 나를 안다는 건 곧 너를 알아야 가능하니까요.

04

토마스 홉스

리바이어던

리바이어던에 대하여

　　영국 철학자 토마스 홉스가 저술한 '리바이어던'은 1651년에 출판되었어요. 책 제목 리바이어던(leviathan)은 구약 성서 <욥기>편에 나오는 지상 최강의 바다에 사는 괴물입니다. 홉스는 신을 믿지 않았다고 전해지는데요. 그런데도 성서에 나오는 괴물을 제목으로 한 건 아마 목사였던 아버지에게 성서 공부를 하면서 받은 영향 덕분이었겠죠. 여기서 리바이어던이 상징하는 건 바로 국가입니다. 그렇다면 국가를 괴물이라고 한 이유는 무엇일까요? 홉스는 국가는 강력해야 한다는 믿음을 가지고 있었어요. 그래서 괴물처럼 강력한 국가의 역할에 대해 리바이어던에서 펼쳐놓고 있습니다. 더 나아가면 종교의 권력을 이제는 국가가 대신한다는 의미로 성서에 나온 괴물을 제목으로 쓴 거일 수도 있어요. 자, 이제 텍스트를 살펴보도록 할게요.

영국의 시대 상황

홉스처럼 강한 국가를 주장하는 사상의 배경에는 당시 1600년대 영국이 강력한 절대 왕정의 시기였기 때문인데요. 십자군 전쟁 이후 그동안 중세 유럽을 지탱하던 교황의 권위와 장원제도가 무너지고 대신 왕권이 강화되었다고 말씀드렸잖아요. 강력한 왕권이 지배하던 시기를 절대왕정이라 불렀고 엘리자베스 1세란 인물이 탄생하게 되죠. 엘리자베스 1세는 국가와 결혼했다고 말한 여왕으로 평생 독신으로 정치에 헌신한 인물이기도 합니다. 엘리자베스 1세는 영국 절대 왕정의 상징이기도 하죠. 토마스 홉스가 활동하던 시기에는 결혼하지 않아 후계자가 없던 엘리자베스를 끝으로 튜더 왕가는 막을 내리고 스튜어트 왕가가 들어섭니다.

엘리자베스 1세의 뒤를 이른 스튜어트 왕조의 제임스 1세는 두 가지 이유로 중요한데요. 첫째는 왕권신수설을 주장하며 견고한 절대주의를 성립한 왕입니다. 하지만 이런 그의 통치 방식은 훗날 아들 찰스 1세 당시 왕당파와 의회파의 갈등의 씨앗이 되죠. 두 번째는 1607년 신대륙 북아메리카에 제임스타운(미국 동부 버지니아주)이라는 영국의 최초 식민지를 세웠어요. 이후 청교도 박해를 피해 1620년에는 메이플라워호를 타고 건너온 144명의 청교도들이 이주하여 정착하면서 미국이 시작되죠. 그래서 제임스 1세는 미국 역사에서 중요한 인물이에요.

무엇보다 1642년 제임스 1세의 아들 찰스 1세 때 일어난 청교도 혁명을 꼭 알아야 하는데요. 청교도는 엘리자베스가 정한 영국 국교회 통일령을 받아들이지 않은 개신교입니다. 왜냐하면 영국 국교회는 가톨릭적인 의식과 제도가 남아있었거든요. 청교도는 기존 가톨릭보다 더 신성하고 엄격한 종교 생활을 주장했어요. 기존 가톨릭의 부패에 대한 반발로 종교개혁이 일어났으니 새로운 기독교는 더욱 엄격한 교리를 가지게 된 거죠. 청교도 혁명은 올리버 크롬웰이 이끄는 의회파가 성공하면서 왕권정치에서 공화정으로 변하게 됩니다. 이때 찰스 1세는 단두대에서 처형당해요. 재미있는 건 크롬웰은 불과 4년 만에 호국경의 자리에 올라 의회를 해산하고 공화정을 무의미하게 만들었다는 겁니다. 정말 인간의 욕망은 굉장하죠?

결국 크롬웰은 1658년 병으로 사망하죠. 아들이 뒤를 이었으나 얼마 못 가 1660년에 찰스 2세가 다시 왕위에 올라 왕권정치로 돌아가게 됩니다. 리바이어던은 공화정 때인 1651년에 청교도 혁명이 끝난 지 2년 만에 출간되었어요. 청교도 혁명 당시 홉스는 왕당파에 속했었는데요. 청교도 혁명에서 의회파가 승리했으니까 홉스가 설 자리는 없었겠죠. 네 ~ 맞아요. 홉스는 이후 프랑스로 망명을 하게 되고 힘든 생활을 하게 됩니다. 이제 텍스트를 살펴볼게요.

텍스트 포인트 읽기

리바이어던은 자연법에 대한 내용으로 시작합니다. 홉스는 자연 상태에서의 인간은 질서가 없고 폭력적인 상황을 맞이한다고 말하죠. 여기에 '만인의 만인에 대한 투쟁'이라는 표현이 나오는데 홉스의 사상을 대표하는 말로 지금까지도 널리 인용되고 있는데요. 만인에 대한 만인의 투쟁이란 자연 상태에서의 인간은 일상화된 폭력과 질서가 없는 폭력이 난무하는 상태를 말합니다. 결국 사람들은 이런 무질서한 상태에서 죽음의 공포를 피하고자 서로 계약을 맺고 거대한 괴물 즉 국가를 만든다는 것이 리바이어던의 핵심입니다. 그래서 홉스는 자연법에 대항하여 무질서한 사회를 강력하게 통제하고 관리해야 하는 국가의 역할을 강조합니다. 사회계약 사상은 111년 후인 1762년 루소가 사회계약론을 출간하기 전에 이미 리바이어던에 있었던 거죠.

그런데 여기서 중요한 게 있어요. 이 괴물을 움직이는 사람을 주권자라 하는데 지금 우리가 생각하는 주권은 국민에게 있는 거잖아요. 하지만 홉스는 주권이 군주에게 있다고 했거든요. 홉스는 한 명의 군주가 주권을 행사할 때 국가의 설립목적이 가장 잘 지켜진다고 말해요. 왜냐하면 여러 사람이 공동으로 주권을 가지면 내부 분쟁이 일어나 혼란이 생긴다고 봤기 때문이에요. 그리고 군주의 주권은 자식이나 형제에게 세습되어야 한다고 주장했습니다.

홉스의 이런 생각이 어떤가요? 홉스가 살았던 영국은 절대왕정이 나라를 잘 다스리던 시기입니다. 이후 제임스 1세까지 영국은 해가 지지 않는 나라라는 별명을 가질 정도로 융성했거든요. 홉스는 엘리자베스 1세 시대에 태어나 제임스 1세를 거쳐 찰스 1세까지 활동하다가 찰스 2세 때에 생을 마감한 사람이에요. 왕권이 살아있던 시대의 사람이었다는 걸 감안하면 군주가 주권자가 되어야 한다는 주장이 이해됩니다. 게다가 청교도 혁명 당시 왕당파에 속했던 사람이었다는 거 기억나시죠? 지금과는 많이 다른 생각이지만 역사적 흐름으로 보면 홉스의 사상은 시대와 같이 했던 겁니다.

리바이어던의 텍스트는 모두 4부로 나누어져 있어요. 1부는 인간이란 어떤 존재인지에 대해서, 2부는 국가 정치 공동체에 관해서, 3부는 기독교 국가에 대해, 4부는 어둠의 왕국에 대해 다루고 있습니다. 2부와 3부에 나오는 국가 공동체는 원어로 코먼웰스(commonwealth)라고 표현하고 있는데요. 이 코먼웰스는 크롬웰이 이끈 공화정을 부른 이름이었어요. 그래서일까요? 리바이어던이 출간되었을 때 사람들의 반응이 별로였다고 해요. 왕당파였던 홉스가 저서에서 공화정을 국가 정치 공동체로 인용했으니까요.

먼저 홉스는 인간은 감각적인 존재로, 감각을 통해 세상을 파악하며 살아간다고 말합니다. 그러면서 스콜라 학자들이 아리스토텔레스의 이론에 의존해 인간은 감각이 아니라 종교적인 매개체인 것처럼 주장했던 것을 반박하죠. 이런 생각을 가진 홉스는 당연히 신을 믿지 않았겠죠. 홉스는 근대 경험론의 선구자인 프란시스 베이컨의 영향을 받아 유물론을 계승했다고 알려져 있는데요. 이쯤에서 근대 사상의 흐름을 조금 살펴볼 필요가 있습니다. 근대 이전의 중세 종교철학인 스콜라철학에서 말하는 이성은 경험에 의해서가 아닌 종교적 믿음이 바탕이 된 신앙이죠. 하지만 종교의 권위가 떨어지면서 경험하지 않은 지식의 무의미함을 주장하는 학자들이 생기면서 경험론이 대두됩니다. 베이컨은 선구자로 과학과 실험으로 검증을 이끌어내는 과학적 탐구를 중요하게 생각했어요. 결국 검증과 눈으로 확인할 수 있는 사물의 중요성을 강조하는 유물론의 시초가 되죠. 다시 말하면 유물론은 중세 시대의 눈으로 확인할 수 없는, 실체가 없는 대상인 종교에 대한 회의로 시작되었어요. 유물론은 눈에 보이는 실체가 있는 물질이 세상에 존재하는 근본적인 실재이고, 마음이나 정신은 부수적이라고 주장하는 사상인데요. 종교적인 입장과는 완전히 다른 생각이죠.

　　홉스는 인간을 움직이는 근본적인 힘은 추상적인 도덕이나 종교적인 믿음이 아니라 욕망과 욕구라고 말합니다. 이런 인간의 욕망은 사람들 사이에 충돌과 경쟁을 불러오고 결국 인간은 혼란 상태에 놓이게 된다고 말합니다. 홉스는 결국 이런 만인에 대한 만인의 투쟁을 피할 길은 이성에 근거한 자연법뿐이라고 말하죠. 여기서 사회계약설의 기초가 다져진다고 보면 됩니다. 혼란한 자연 상태를 포기하고 양도하는 계약을 맺음으로써 자연 상태는 사회 상태 즉 국가가 된다는 주장입니다. 홉스의 이런 주장은 인간을 종교적인 존재로 보던 입장과는 다르게 마치 야생의 거친 동물처럼 보고 있다는 느낌을 받는데요. 문득 찰스 다윈이 떠오르네요. 약 200년 후인 1859년에 출간한 종의 기원과는 물론 출발이 다르지만, 인간을 종교적인 존재가 아닌 자연 상태로 보았다는 것만은 비슷하죠.

페르소나에 대해

리바이어던에서 기억해야 할 또 하나의 개념은 페르소나에 대한 내용입니다. 홉스는 인간이 사회 계약 상태를 유지하기 위해서는 인격이 중요하다고 말하는데요. 여기서 말하는 인격은 일종의 가면입니다. 연극에서 말하는 페르소나, 즉 배우가 본연의 자기 모습이 아닌 무대 위에서 또 다른 자신으로 살아가는 것을 말하죠. 다시 말해 인간은 지극히 야생적인 자연 상태가 아니라 사회에 적응하는 또 다른 인격을 가지고 살아간다는 말인데요. 페르소나는 자연 상태와는 다른 사회적인 생활방식을 말하는 겁니다. 사회계약 상태에서의 인간은 무대 위의 배우처럼 국가를 통해 사회적인 자신을 표현하는 국민이 되는 겁니다. 우리는 사실 집에 혼자 있을 때의 나와 회사 속에서의 나와는 다르잖아요.

그리고 홉스는 만인과 투쟁을 벌여야 하는 자연 상태의 세상보다는 독재 정치가 낫다고 말하는데요. 국가 내에서의 자유는 마음대로 할 수 있는 상태가 아니라 법이 허락하는 한에서만 자유롭게 할 수 있기 때문이죠. 홉스는 국가는 강제력을 행사하고 당근과 채찍으로 국민을 다스려야 하지만, 대신 공정한 법률이어야 한다고 말합니다. 그러면서 성직자나 학자들이 잘못된 이론으로 국가를 혼란스럽게 한다고 기독교를 비판합니다. 신학자들은 성경에 대한 잘못된 해석으로 교회 권력을 강화하려고 할 뿐이라고 주장하죠.

기독교 권력에 대한 비판

홉스는 기독교 종교 권력에 대해 비판적이었는데요. 기독교 국가를 어둠의 왕국이라 표현할 정도였어요. 중세 교회 권력에 대한 비판과 함께 영혼의 불멸을 주장하는 신학자들과 아리스토텔레스의 이론을 받아들이는 학자들이 어둠을 만든다고 비판했어요. 여기서 홉스는 아리스토텔레스의 형이상학에 대해서도 비판합니다. 아리스토텔레스의 형이상학이 성경과 뒤섞여 형상이 없는 영혼이 존재한다는 거짓된 개념을 만들었다고 말이죠. 홉스는 종교적인 관념론과 대응하는 근대 유물론적인 사상을 주장했어요. 홉스 이후 사상의 흐름은 18세기에 계몽주의로 이어지고 19세기가 되어서야 마르크스에 의해 유물론은 다시 등장하게 되죠.

여기서 잠깐 서양 사상의 흐름을 살짝 살펴볼까 해요. 먼저 서양 철학은 기원전 그리스 철학에서 시작되어 13세기와 14세기 기독교 철학을 교리상으로 정리한 중세 스콜라 철학이 있어요. 중세 교부철학은 교리에 한정되어 확장되지 못했죠. 그 후, 르네상스 전성기인 15세기에 마키아벨리를 시작으로 몽테뉴와 같은 철학자들이 나오기 시작합니다. 그러다 17세기가 되면 서양 철학의 뿌리가 되는 위대한 철학자들이 나오기 시작하는데요.

서유럽의 17세기는 이탈리아 갈릴레이의 지동설과 영국 뉴턴이 만유인력을 발견하면서 과학혁명이라 불리는 엄청난 변화가 있는 시기입니다. 획기적인 과학의 발전은 18세기 산업혁명의 발판이 되죠. 이런 배경 속에서 프랑시스 베이컨의 과학적 탐구를 위한 방법론으로 경험론을 만들어요. 베이컨은 중세 스콜라 철학에서 벗어나게 해준 중요한 인물이기도 합니다. 그런가 하면 근대 철학의 아버지라 불리는 프랑스의 데카르트가 있습니다. 데카르트는 경험론을 비판하며 이성과 합리성을 바탕으로 사고하는 합리론을 이끌어냈죠. 데카르트는 '나는 생각한다. 고로 존재한다.'는 말로 상징되는 순수하게 사유하는 인간의 이성을 강조했어요. 그러다 18세기에 독일 철학자 칸트가 경험론과 합리론을 모두 비판하는 비판 철학을 만들게 됩니다.

18세기에는 루소를 대표로 하는 계몽주의 사상이 프랑스 혁명과 산업혁명을 배경으로 널리 퍼지게 됩니다. 19세기가 되면 독일 철학자 칸트로 대표되는 관념론이 등장합니다. 서양 철학의 뿌리라고 하는 관념론, 즉 인간의 순수한 사유를 다룬 철학은 조금 어려워요. 거슬러 올라가면 그리스 시대부터 오직 사유만으로 세계를 파악하려는 철학이 있어왔죠. 사실 경험하지 못하는 세계를 사유만으로 논리적으로 설명한다는 게 어려운 건 당연해요. 실제로 칸트의 저서는 이해하기 어렵기로 유명하죠. 칸트의 관념론은 변증법으로 유명한 19세기 독일 철학자 헤겔에 의해 계승되어 발전했어요.

또, 영국의 제레미 벤담과 존 스튜어트 밀을 비롯한 공리주의자가 나오는데요. 18세기부터 시작된 산업혁명은 19세기가 되면서 비약적으로 발전합니다. 새로운 자본 계급과 노동자 계급이 생기고 경제 규모가 커지자 경제학에 대한 연구도 많아지죠. '최대 다수의 최대 행복'을 주장하는 벤담의 공리주의는 선거민주주의의 이론을 제공하게 되죠.

그리고 19세기의 철학자로 세상을 요동치게 했던 칼 마르크스를 빼놓을 수 없는데요. 마르크스와 엥겔스의 공산당 선언 이후 세상은 두 개의 이념으로 나뉘게 됩니다. 안타까운 건 이념이 대립과 갈등으로 이어졌다는 거죠. 이건 사상이 단지 생각으로만 세상에 존재하는 게 아니라 인간사회에 그대로 반영된다는 걸 보여줍니다.

20세기가 되면 존 듀이의 실용주의와 버트란트 러셀과 비트겐슈타인의 분석철학 그리고 그 유명한 하이데거와 사르트르의 실존철학 등이 나오게 됩니다. 특히, 20세기 중반 세계대전을 거치면서 인간의 존재에 대한 사유로 이어지는 실존철학은 많은 사람에게 영향을 주게 되죠. 서양 철학은 깊게 들어가기보다 흐름을 알아두면 인문학을 이해하는 데 도움이 됩니다.

질문 꺼내 읽기

과연 국가라는 형태가 인간에게 필요할까요?

　　호주의 원주민인 오스트로이드는 국가라는 형태와 문명을 거부하고 스스로 자연 도태되는 길을 선택했는데요. 사회계약론은 인간은 야생의 공포로부터 벗어나기 위해 국가와 계약을 맺었다고 했지만, 호주 원주민들은 인간에게 문명이 오히려 해로운 것이고, 야생에서 인간은 두려울 것이 없다고 말합니다. 인간은 자연 속에서 순응하면서 살아야 한다고 말하죠. 그 때문이 아니더라도 인간의 문명이 지구환경을 파괴하는 모습을 보면 과연 인간에게 국가라는 거대한 시스템이 필요한지 반문하게 되는데요. 집단이 커지면 국가라는 형태가 필요하겠지만, 지나치게 몸집을 불린 국가는 크기에 비례하는 힘을 갖기 위해 약소국인 다른 국가를 침범하기도 하죠. 원주민들이 행복할 수 있었던 이유 중의 하나는 집단의 크기가 작아서이기도 하니까요. 크기가 작은 집단은 서로를 잘 알게 되고 그만큼 싸움을 중재하기도 쉬워지죠. 그럼에도 인간들이 집단의 크기를 불린 건 그만큼 욕망의 크기도 커졌기 때문이고, 권력을 키우는 데도 필요했던 건데요. 그래서 어떤 미래학자들은 인간에게 적당한 집단의 크기는 부족 정도라고 말합니다. 미래 사회는 부족사회가 될지도 모른다고도 했죠. 물론 현실화 될지 알 수는 없지만, 국가의 크기만큼 분란의 크기 또한 커지는 건 사실이죠. 그렇다면 인간에게 적합한 환경은 국가라고 불리는 형태보다 작은 집단이 더 이상적이지 않을까요?.

05

너대니얼 호손
주홍 글씨

시대 흐름 읽기

주홍글씨는 1850년에 세상에 나온 미국 작가 너대니얼 호손의 작품이에요. 영화로도 만들어질 정도로 정말 유명한 작품이죠. 주홍글씨는 내용 자체만으로도 사람들의 흥미를 끌만한 요소가 가득합니다. 금지된 남녀의 사랑이 등장하니까요. 하지만 주홍글씨를 둘러싼 시대적 배경이 더 흥미롭습니다. 문학 작품을 깊게 이해하려면 단순히 이야기 줄거리가 아닌 작품을 둘러싼 배경을 살펴보아야 합니다. 그래야 주인공이 더 잘 이해되고 작품에 몰입하게 되죠.

시대적 배경

주홍글씨의 공간적 배경은 미국 보스턴이지만 영국에서부터 시작해야 합니다. 영국 국교회와 맞선 청교도에 대한 박해를 피해 신대륙으로 이주한 미국의 청교도 사회가 주홍글씨의 공간적 배경이거든요. 1607년 미국 버지니아에 제임스타운이라 이름 지은 영국의 식민지가 건설됩니다. 그 당시 엘리자베스 1세의 뒤를 이은 제임스 1세의 이름을 따서 도시를 만들었죠. 이후 1620년에 영국의 청교도들이 박해를 피해 메이플라워호를 타고 매사추세츠의 플리머스로 집단이주를 하게 되면서 미국에 청교도 사회가 형성되죠.

1500년대 종교개혁 이후 영국은 1529년 헨리 8세는 이혼을 허락하지 않는 로마 교황청에서 분리하여 영국 국교회를 세웁니다. 하지만 영국 국교회는 로마 교황청에서만 떨어져 나왔을 뿐 형식은 기존의 가톨릭 그대로였어요. 이런 형식적인 변화가 없는 영국 국교회를 따르지 않는 청교도들을 탄압하거든요. 결국 탄압을 피해 청교도들은 미국의 식민지 플리머스로 이주하게 됩니다. 이 작품을 이해하려면 청교도에 대한 배경지식이 필요합니다. 기존 가톨릭의 부패로 종교개혁이 일어나던 당시 새로운 종교로 등장한 것이 개신교 즉, 프로테스탄트입니다. 그런데 프로테스탄트 중에서도 칼뱅파와 루터파로 나뉘는데요. 루터파는 종교개혁의 시작인 마르틴 루터로부터 시작된 개신교를 말하고, 칼뱅주의는 프랑스의 종교 개혁가 장 칼뱅으로부터 시작된 개신교입니다. 청교도는 바로 칼뱅주의를 이어받은 개신교이고요. 칼뱅주의 청교도는 금욕적이고 청렴하며 검소한 종교적인 생활 태도를 강조하죠.

주홍글씨의 배경인 청교도 사회는 엄격한 계율이 있는 사회입니다. 이런 사회에서 금지된 사랑을 하다니 벌써 사람들의 호기심을 잡아당기죠. 주홍글씨의 주인공 헤스터는 남편 없이 혼자 살다가 아이를 낳았어요. 사람들은 헤스터에게 주홍글씨로 간통이라는 글자를 상징하는 A를 새긴 옷을 평생 입도록 하죠. 이런 가혹한 설정이 가능한 건 영국에서 건너와 새롭게 정착한 좁은 청교도 사회라는 배경 때문이죠.

텍스트 포인트 읽기

주홍글씨의 낙인

소설의 주인공 헤스터는 남편이 없는 상태로 미국에 도착합니다. 그런데 혼자 아이를 낳게 되죠. 남편이 없는 상태에서 아이를 낳은 헤스터는 불륜으로 아이를 낳았다는 이유로 간통이라는 adultery의 앞 글자인 A를 옷에 새기게 됩니다. 그런데 재미있는 건 A라는 글자를 헤스터에게 수를 놓게 하는데 헤스터가 너무 솜씨 있게 수를 놓아서 정말 아름다운 A를 만들게 됩니다. 죄를 지은 여인이 너무 손재주가 좋죠? 죄를 상징하는 글자 A가 아름다움도 함께 가지는 아이러니를 보여주죠. 게다가 글자만큼 헤스터는 미모의 여인으로 나와요. 소설의 시작은 가슴에 주홍글씨를 새겨 넣은 헤스터가 광장에서 죄를 밝히는 수모를 당하며 괴로워하는 장면으로 시작하는데요. 좁은 사회에서 낙인은 어떤 의미일까요? 아마 웬만해선 견디기 어려운 수치심이겠지요.

엄격한 규율을 지켜야 하는 청교도 사회를 이끌어가는 지도자는 당연히 목사입니다. 그런데 헤스터가 낳은 아이의 아빠가 바로 마을의 젊은 목사라는 설정은 청교도 사회의 허점을 보여주기도 합니다. 마을에서 규율을 가장 잘 지켜야 하는 성직자가 불륜의 대상이었다니, 이런 일이 좁은 청교도 사회에 알려지면 어떤 일이 벌어질까요? 당연히 헤스터는 아이 아빠의 존재를 밝히지 않아요. 하지만 젊은 목사는 죄의식에 나날이 괴로워하고 힘들어하죠. 보이는 낙인을 달고 사는 헤스터보다 보이지 않는 낙인을 스스로 찍은 젊은 목사는 죽음으로 생을 마감하게 됩니다.

이 소설에서 흥미로운 건 비극적인 사랑이 아니라 헤스터가 낙인에서 벗어나게 되는 과정인데요. 헤스터는 사회가 만들어 준 낙인에 갇혀 자신을 망가뜨리지 않아요. 오히려 자신을 낮추고 가난한 이들을 도와주며 자신이 가진 재능인 바느질로 스스로 생계를 감당하며 살아내게 됩니다. 그러자 시간이 지날수록 헤스터의 낙인은 처음에 아름답게 수놓은 글자처럼 변해갑니다. 사람들도 헤스터에게 경멸을 시선을 점점 거두게 되죠. 헤스터는 낙인이 찍힌 죄인에서 아름다운 사람으로 변해갑니다. 헤스터는 꽤나 주체적이고 강한 여성이었던 거죠.

사실 헤스터는 보스턴 동네에서 떠날 수도 있었어요. 하지만 헤스터는 수모를 견디며 보스턴을 떠나지 않죠. 그 이유에는 두 가지 해석이 가능해요. 사랑하는 딤즈데일에게 아이를 보여주며 멀리서라도 곁에 있고 싶어서이거나, 아니면 스스로 부끄럽지 않기에 정면으로 맞서는 것일지도요. 해석의 여지가 있지만 아마 대부분의 독자들은 이런 헤스터의 강인한 모습에 매력을 느꼈을 겁니다. 거기에 더해 조금 더 사회적인 입장에서 들여다보자면 작가는 이런 청교도 사회의 부조리를 파헤치고자 하는 의도가 있었겠지요.

헤스터의 독립적인 생활은 딤즈데일이 아닌 자기 자신을 구하게 됩니다. 헤스터는 외곽에 있는 숲속 오두막에 살게 되지만 청교도 사회로부터 고립된 생활이 오히려 좋았던 거죠. 엄격하고 규율을 강요하는 답답한 환경에서 벗어나 도심 외곽으로 분리되어 홀로 살게 되는 환경이 헤스터에게 독립심을 가지게 했겠죠. 게다가 당시 사회의 여성은 남편이나 사회에 구속되어 살아야 했어요. 헤스터는 억지로 결혼한 남편과 살지 않아도 되었으니, 죄인이라는 낙인을 제외하면 헤스터는 기존의 여성을 억압하는 환경에서 벗어나게 됩니다. 헤스터는 청교도 사회에서 제외되자 자기 자신으로 살아가게 되었고 오히려 자유를 느꼈던 겁니다.

주홍글씨는 미국이 독립을 이룬 후에도 여전히 남아있는 영국적인 문화에 대한 비판이기도 합니다. 1776년 미국은 영국의 그늘에서 벗어나 독립하게 됩니다. 하지만 1800년대에도 미국이라는 국가에 대한 정체성이 확립되지는 않은 시기였죠. 미국 사회는 지금까지도 기독교적인 뿌리가 깊게 남아있는 나라입니다. 그 이유가 바로 미국 사회의 시작이 청교도 사회였기 때문입니다. 오히려 크리스트교의 시작이었던 유럽은 문화에 종교적인 색채가 옅어졌죠. 하지만 미국은 새로운 국가를 지탱하기 위해 종교가 필요했던 거고요.

작가 너대니얼 호손은 영국에서 메이플라워호를 타고 미국으로 건너온 청교도인의 후손입니다. 청교도들은 미국 정착 초기부터 자리를 잡고 미국 사회의 주류가 되죠. 미국 대학교이자 최고의 대학교인 하버드 대학은 1636년 청교도 목사였던 존 하버드가 설립했거든요. 미국 주류사회에서 청교도인의 지위가 어땠는지를 알게 해주죠. 또, 청교도와는 조금 다른 개신교인 퀘이커 교도들도 1681년에 영국에서 미국으로 이주하는데요. 퀘이커교도인 윌리엄 펜이 펜실베니아에 정착하여 식민지를 건설합니다.

이렇게 영국에서 건너온 개신교도들은 미국에서 주류가 되는데요. 그 이유는 영국에서 왕조와 맞선 개신교들은 성직자이거나 귀족이었어요. 퀘이커교도인 윌리엄 펜은 귀족이었고 찰스 2세에게 땅을 하사받은 것이었죠. 당연히 미국에 정착한 개신교들은 교육받은 상위계층의 사람들이었던 거죠. 그들이 아무것도 없는 미국에서 정착하면서 주류가 된 건 어쩌면 너무나 당연한 결과입니다. 게다가 본토인 영국에서 핍박받으며 성공하지 못한 개신교들은 영국에서 못 이룬 그들만의 사회를 이룩하고자 하는 열망이 있었던 거죠. 그들은 미국 사회에 개신교를 뿌리내리고 신흥 주류 세력이 된 겁니다.

미국은 종교적인 문화를 시작으로 번영하였지만 반면에 어두운 역사도 있는데요. 아메리카 인디언 말살정책과 흑인 노예제도는 미국이 종교적인 뿌리만이 아니라 식민지 시대를 거치면서 약탈과 학살의 뿌리도 같이 가지고 있다는 걸 보여주고 있죠. 대항해 이후 유럽의 식민지 정책은 세계 곳곳의 원주민들에게 아픔의 역사를 남기게 됩니다. 결국 미국은 유럽 식민지 정책의 어두운 면을 고스란히 안고 시작한 나라였던 거죠.

미국이 19세기에는 독립전쟁과 남북전쟁을 거치면서 국가의 기틀을 마련하기 바빴다면 20세기에는 세계 대전을 거치면서 강국으로 부상하게 됩니다. 1.2차 세계대전이 본격적으로 일어났던 유럽과 아시아 대륙과는 거리가 먼 탓에 상대적으로 물적 피해가 적었던 미국에 좋은 기회가 된 거죠. 21세기인 지금까지 세계 최강의 나라로 군림하는 미국의 어두운 면에 대해서는 '허클베리핀의 모험'에서 다시 다루도록 할게요.

질문 꺼내 읽기

만약 나에게 이런 낙인이 찍힌다면 우리는 어떤 선택을 하는 것이 가장 현명할까요?

낙인효과라는 사회심리학 용어가 있는데요. 인간의 대중심리를 이용한 낙인 찍기는 부정적인 결과를 가져오는 것으로 알려져 있죠. 피그말리온의 반대되는 개념인 스티그마 효과 즉, 낙인 효과는 부정적인 결과를 가져온다는 점에서 조심해야 하는데요. 사회에서 이런 현상은 의외로 자주 일어나고 있죠. 특히, SNS 가 활발해지고 모든 정보가 노출된 상황에서 낙인 찍기는 그만큼 빠르고 쉬워졌기에 더 위험합니다. 인간은 생각보다 약한 존재임을 실감하게 되는 일들은 많은 곳에서 실제로 일어나고 있는데요. 열 사람만 모여도 한 사람을 자신의 생각이나 의지와 다르게 만드는 일은 실제로 어렵지 않다는 걸 보여줬죠. 인간은 다수의 의견에 어쩔 수 없이 따라가는 약한 의지의 존재라는 사실은, 결백한 사람을 궁지로 모는 일 또한 마음만 먹으면 가능하다는 점에서 우리 스스로에게 실망스럽기까지 한데요. 인간을 이해하는 일은 어쩌면

우리 자신을 지키는 일이기도 해요. 동시에 우리가 인문학을 알아야 하는 이유이기도 하죠. 인간이 걸어온 길을 통해 우리는 잘못된 길에 대해 분별할 수 있고, 정신을 차릴 수 있으니까요. 낙인효과를 이용하는 집단이나 사람이 있다면 그건 분명히 어떤 이익을 얻기 위한 목적이죠. 만약 그런 상황이 된다면 맞서 싸우는 게 나을까요? 아니면 주홍글씨의 헤스티처럼 조용히 받아들이고 때를 기다리는 게 좋을까요?

3부

새로운 변혁의 시대

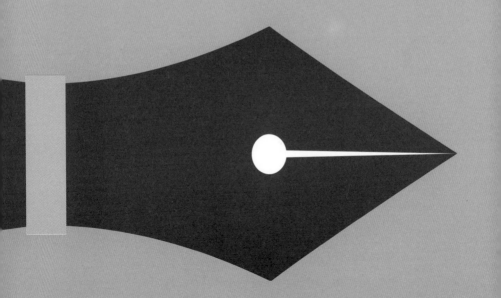

01

장 자크 루소
인간 불평등 기원론

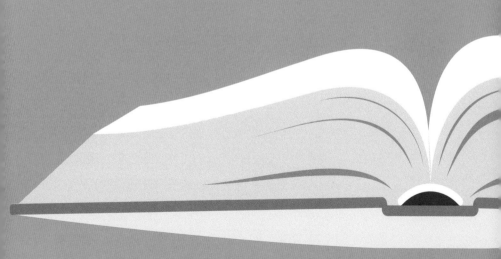

시대 흐름 읽기

　　프랑스 철학자 장 자크 루소의 인간 불평등 기원론은 1755년에 출간된 책인데요. 사실 2년 전인 1753년 디종 아카데미에서 '인간 사이에 불평등의 기원은 무엇인가'라는 주제로 학술지를 공모했는데, 이 공모전에 제출했다가 떨어져 책으로 내게 된 겁니다. 어쨌든 공모전의 주제로 보아 당시 프랑스 학계에서도 인간 불평등에 관해 주목하고 있었다는 걸 알 수 있죠. 이런 사실들은 18세기 프랑스 사회에 이미 계층 간의 불평등이 심화되고 있었다는 걸 보여줍니다.

　　앞서 살펴본 대로 15세기와 16세기 유럽 사회는 십자군 전쟁 이후 장원해체와 더불어 종교개혁이 시작되죠. 종교개혁 이후 절대왕정이 시작되고 귀족과 서민 간의 격차는 더욱 벌어지게 됩니다. 모든 부는 세습되면서 점점 쌓여가기 마련이고 왕정이 지속될수록 모든 특권은 왕과 성직자 그리고 귀족에게만 집중됩니다. 거기에 더해 마키아벨리의 군주론과 유토피아에서 다루었듯이 프랑스는 다른 국가들과 지속해서 전쟁을 벌였어요. 전쟁으로 힘들어지는 건 오직 프랑스 국민이었죠.

　　프랑스는 신분제 국가였고, 신분제는 3개로 나뉘어요. 재미있는 건 왕은 신분제에 포함되지 않아요. 왜일까요? 왕은 신분제 위에 존재하는 절대자이기 때문입니다. 루이 14세가 '짐이 곧 국가다.'라는 말을 할 만했죠? 신분제에서 1신분은 성직자들입니다. 이들은 세금을 내지 않았답니다. 2신분은 귀족들입니다. 이들도 세금을 내지 않았어요. 나머지 시민들은 모두 3신분으로 나뉘었는데요. 중요한 건 1, 2신분이 전체 인구의 2%밖에 되지 않았어요. 불평등의 불만이 쌓이고 있는 건 당연했겠죠?

반면 경제적으로 18세기 유럽은 기반 산업이 변하고 있는 시기였어요. 다음에 살펴볼 사회계약론에서부터 애덤 스미스의 국부론까지 모두 18세기 중. 후반에 나온 책들입니다. 장원 중심의 농업 기반 사회에서 장원이 해체되고 상공업이 발달하게 됩니다. 이때부터 상공업의 중요성을 인식하게 되고 정책적으로도 중상주의를 받아들이게 되죠. 유럽 사회의 근대화가 시작되었던 건데요. 유럽은 르네상스를 기점으로 동로마제국이 무너진 1453년 이후부터 근대화가 시작되었다고 봅니다.

절대왕정 시기에 중상주의는 고전 중상주의라고 부르는데요. 국가가 적극적으로 간섭하고 통제하며 산업정책을 이끌었던 시기입니다. 15세기에서 18세기까지의 유럽은 앞서 말했듯이 영토 싸움이 극심했던 시기입니다. 당연히 나라의 국토를 보호하는 일이 우선이었고, 현대에도 국가 예산의 1위를 차지하는 것이 국방비인 것처럼 당시도 군대를 유지하는 비용이 상당했어요. 그럼 어떻게 해야 할까요? 국가는 당연히 돈이 많아야 합니다. 그렇기에 국가가 주도하는 중상주의 정책을 할 수밖에 없었던 겁니다.

이런 상황에서 프랑스는 신분제의 불평등한 구조 때문에 시민들의 부담은 더욱 크고 불만이 쌓여가고 있었습니다. 게다가 당시 프랑스는 영국에 비해 상대적으로 산업화가 활발하게 이루어지지도 않았어요. 거기에 더해 18세기 프랑스 왕실은 사치와 향락에 빠져 시민들의 등골을 빼먹고 있었습니다. 인간 불평등 기원론이 나오던 시기는 루이 15세가 다스리던 시기였는데요. 1774년 루이 15세가 사망하고 루이 16세가 왕위에 오릅니다. 유명한 마리 앙투와네트가 왕비였던 이 시기에 결국 프랑스 시민혁명이 일어납니다. 루이 16세와 마리 앙투와네트는 단두대의 이슬로 사라지게 되죠. 루소의 인간 불평등 기원론이 나온 지 34년 만에 일어난 일이죠.

인간 불평등 기원론을 비롯한 루소의 사상은 프랑스 혁명의 정신적인 바탕이 되었던 거죠. 프랑스 국민들의 비참한 삶에서 나온 비애는 루소와 같은 프랑스의 양심적인 지식인들을 흔들었고 그들은 이런 사회 현상을 연구했습니다. 인간의 불평등은 어디에서부터 시작된 걸까? 타고난 신분 때문인가? 그렇다면 신분을 만들게 된 것은 무엇인가? 그리고 그것은 자연적일까? 이런 질문에 대한 답을 구한 것이 루소의 인간 불평등 기원론의 내용입니다.

텍스트 포인트 읽기

먼저 루소는 인간에게는 두 종류의 불평등이 있다고 말합니다. 첫째, 자연에 의해 정해진 것으로, 나이나 건강 또는 정신에 따라 차이가 나는 자연적이고 신체적인 불평등이죠. 둘째, 사람들의 동의나 합의로 정해지는 도덕적이고 정치적인 불평등입니다. 여기서 기억해야 할 건 정치적인 불평등은 돈이나 권력에 의한 것으로 다른 사람들에게 손해를 끼치면서 누리는 특권들로 인해 생긴다는 건데요. 여기에 루소는 한 가지를 더합니다. 사람들이 이런 불평등에 순응한 것은 종교가 그렇게 믿도록 했기 때문이라고 하죠. 인간이 불평등한 것을 하나님이 원한 하늘의 뜻이라고 믿도록 했다는 겁니다. 중세 교회 권력이 정치권력과 함께 인간의 불평등함에 당위성을 부여했다는 주장이죠.

자연으로 돌아가라

인간 불평등 기원론은 1부와 2부로 나누어져 있는데요. 1부는 인간이 동물적인 상황에서 벗어나면서 처음 얻게 되는 것 중 하나로 죽음에 대한 두려움을 언급합니다. 결과적으로 인간은 죽음에 대한 두려움을 극복하고자 집단을 이루고 사회를 만들었다는 주장입니다. 이건 홉스가 리바이어던에서 주장과 비슷하죠. 하지만 루소는 홉스를 비판하는데요. 홉스의 공동체는 서로를 의지하고 덕을 발휘하여 서로 잘 지내는 것을 깔고 있어요. 홉스는 인류가 평화롭게 살아가는 데 좋은 품성을 지녀야 한다고 주장했죠. 하지만 루소는 이와 다르게 다른 사람을 의지하게 되면 인간은 약해지기 때문에 타인에게서 벗어나야 강해질 수 있다고 주장해요. 둘이 좀 다르죠? 루소는 홉스와 달리 인간사회를 떠나 자연으로 돌아가야 한다고 말합니다. 그래서 루소의 사상을 흔히 자연으로 돌아가라는 의미로 자연 회귀 사상이라고 합니다.

　　2부는 본격적으로 불평등이 어디서 기원했는가를 밝히고 있어요. 루소는 인간 사이에 불평등의 기원이 토지의 소유에 있다고 말합니다. 여기서 방점을 찍을 단어는 소유입니다. 당시의 산업기반이 농업이었기에 토지라고 했을 뿐이지 그것이 무엇이든 간에 소유의 개념이 결국 사회를 정치적으로 만들었다고 말합니다.

소유가 만들어낸 불평등

　　홉스가 리바이어던에서 말한 동의에 의한 계약보다는 루소는 무지에 의해 다른 이에게 힘을 빼앗기고만 상황에 중점을 두어 불평등에 대한 기원을 풀어냈어요. 어찌 보면 두 학자 모두 같은 이야기를 하고 있지만 보는 관점이 다른 거죠. 홉스는 자연 상태의 인간은 야만적이라 서로를 죽이게 되는 상태라고 규정했지만, 루소는 자연 상태의 인간은 자유로웠다고 봐요. 루소는 인간이 사회를 이루고 살아가는 모습이 인간의 타고난 본래의 상태가 아니라고 말합니다. 인간이 자연 상태의 토지를 변화시키고 소유하게 되면서 불평등이 생겨났음을 강조하죠.

토지의 소유는 권력과 법률을 만들었고 사람이 다른 사람의 몫을 차지하게 된 순간 평등은 사라졌다고 말합니다. 토지를 경작하면서 어떻게 분배할 것인가에 대한 문제가 제기되고 여기서 정의에 관한 규칙이 생겼다고 말하죠. 이와 동시에 야심가는 약자를 보호하겠다면서 가진 몫을 보장해줄 테니 힘을 뭉치기를 설득하게 되고, 그 가운데 법률이 생기고 우리가 가진 자연적인 자유를 영원히 파괴했다고 말합니다.

그러면서 아주 흥미로운 주장을 펼치는데요. 인간은 재산이 진짜 필요해서가 아니라 남보다 우위에 서려는 생각에서 재산을 늘리려 한다는 겁니다. 그래서 서로를 해치려 하고 확실하게 승리하기 위해 친절한 가면을 쓰기 때문에 오히려 사람들에게 질투를 일으키게 한다고 주장해요. 결국 지배의 즐거움은 모든 쾌락을 앞서기 때문에 부자들은 새로운 노예를 얻기 위해 이웃을 지배하고 굴종시킬 생각만 하게 되는 거죠. 루소는 인간의 소유 욕심은 결국 지배 욕심으로 커져 나간다고 본 건데요. 그 결과 순진한 시민들을 선동하여 법률을 만들어내고 최고 권력을 만들어 내었다고 주장해요.

불평등의 마지막 종착지 '부'

그렇게 정치적 차별은 시민 간의 차별을 불러온다고 했어요. 그 결과 시민들은 정부의 개입이 없어도 사회에서 알아서 서로를 비교하고 이용하면서 개인들 간에도 불평등이 필연적으로 생긴다고 말하죠. 부와 사회적 신분 그리고 권력과 개인적인 능력은 서로를 평가하는 기준이 되는데 그중에서 부는 모든 불평등의 마지막 종착지라고 결론지어요. 왜냐하면 부가 있으면 나머지 것들을 살 수 있기 때문입니다. 루소가 처음 시작한 소유의 개념이 확대되었을 뿐 결국 인간 사이의 불평등은 돈이 많고 적고의 문제라는 거죠.

　　루소는 불평등은 자연 상태에서는 거의 존재하지 않기 때문에 어린애가 노인에게 명령하고, 바보가 현명한 사람을 이끌어가는 자연스럽지 않은 일이 일어나는 거라고 말합니다. 굶주린 수많은 사람은 최소한의 것도 없는데 겨우 몇 명은 사치품이 넘쳐난다는 건 자연법에 어긋난다며 마무리합니다. 결국 당연하지 않은 것들이 당연하고, 자연스럽지 않은 일들이 일어나는 사회에 대한 통렬한 비판이죠.

　　책을 읽으면서 루소의 불평등에 대한 통찰력에 감탄이 절로 나왔는데요. 특히, 신분제로 인한 격차보다 부의 불평등이 마지막 종착지라고 한 부분에서는 21세기 자본주의 사회를 그대로 보여주고 있다는 생각에 감탄과 동시에 어쩐지 답답하기도 하네요. 알랭 드 보통이 저서 '불안'에서 말했던 신분제 격차보다 부의 격차가 더 끔찍한 건, 그 책임의 일부를 개인에게 넘기기 때문이라는 주장도 떠오르고요. 그럼에도 이런 불평등은 자연에서 일어나는 것이 아니기 때문에 지배자들이 정치적 의도로 만들어 왔기 때문이라는 루소의 또 다른 말도 남겨두어야겠네요.

　　루소는 인간 불평등 기원론을 낸 지 7년 후 사회계약론을 출간합니다. 루소의 사회계약론은 프랑스 혁명에 직접적인 영향을 주었어요. 대체로 사회를 바꾸는 혁명은 진보적인 생각에 추진력을 얻습니다. 프랑스 혁명은 왕정을 무너뜨리고 시민의회로 바꾼 그야말로 세상을 뒤집은 혁명적인 사건이니까요. 이렇게 18세기 유럽을 흐르던 사상은 시민들을 계몽하는 계몽주의 시대입니다.

계몽주의 중심에 장 자크 루소가 있어요. 계몽주의는 18세기 후반에 유럽 사회의 폐단을 개혁하려는 사상입니다. 앞서 읽기에서 다루었듯이 18세기 프랑스는 신분제로 인한 불평등에 얽매인 민중의 고통이 심했던 시대입니다. 계몽주의의 목적은 많은 대중이 세상에 존재하는 문제를 이해할 수 있게 하려는데 있었죠. 그래서 계몽주의 학자들은 출판과 언론 활동을 열심히 했어요. 18세기 계몽주의 학자들은 루소를 비롯해 몽테스키외 볼테르 등이 있습니다.

루소와 같은 시대를 산 임마누엘 칸트도 빼놓을 수 없는데요. 17세기 데카르트의 합리론은 18세기 칸트의 비판철학으로 이어져요. 칸트는 경험론과 합리론을 종합적으로 비판하여 비판철학이라고 합니다. 경험론은 내가 직접 겪은 것만을 중요하게 여겨 경험하지 못한 보편적 진리는 부정하게 될 수 있다고 비판하죠. 또 합리론은 너무 이론과 형식적인 것에 치우쳐 경험으로만 알 수 있는 실재성을 놓칠 수 있다고 비판해요. 그래서 '직관 없는 사유는 공허하고 개념 없는 직관은 맹목적'이라는 유명한 말을 남겼죠. 쉽게 말하면 경험을 통해 얻게 된 생각이 아니면 현실성이 떨어져 공허하고, 지적인 바탕이 없는 경험은 객관적이지 못해 제멋대로 판단하게 된다는 말입니다.

프랑스에서 인간 불평등 기원론이 나온 지 불과 5년 후 영국에서는 산업혁명이 시작됩니다. 프랑스가 시민혁명이 무르익고 있었다면 영국에서는 산업기술이 비약적으로 변하고 있었어요.

　　이런 역사의 흐름은 마치 아이가 성장하듯 과정마다 고통을 겪고, 그리고 받아들이고 다시 성장하면서 이어지죠. 역사적 사건과 인문사상은 이렇게 서로 영향을 주고받았습니다. 이런 불평등은 결국 계급 갈등으로 이어지고 갈등은 극에 달하게 됩니다. 그 과정을 촉발하는 데에는 산업혁명이 이후 자본주의의 발달이 있었고요. 19세기가 되면 불평등으로 인한 계급 갈등은 결국 이념이 되어 세상을 둘로 나뉘게 하는 단초가 됩니다.

질문 꺼내 읽기

인간이 사는 사회에서 불평등을 없애는 일은 과연 가능할까요?

21세기 자본주의의 가장 큰 문제는 불평등입니다. 지하철에서 투쟁하는 장애인들은 그들의 권리가 차별당하고 마땅히 누리지를 못한다고 항변합니다. 세상에는 능력의 차이가 분명히 존재하죠. 동시에 자신의 의지와 상관없이 능력을 발휘하지 못하는 상태에 계신 분들도 있고요. 이렇듯 세상은 태생부터 차이가 나고 불평등합니다. 그래서 인간은 끊임없이 불평등을 없애기 위해 노력해왔습니다. 그럼에도 불구하고 여전히 인종 차별을 비롯해 능력의 차별 그리고 성별의 차별까지 수많은 차별이 낳은 불평등이 존재하죠. 결국 불평등은 사라지지 않는 걸까 하는 회의론마저 들기도 합니다. 냉정하지만 빌 게이츠의 말처럼 세상은 불평등합니다. 그것이 팩트입니다. 그렇다고 우리는 그런 현실을 인정하고 가만히 있어야 하는 건 아니죠. 만약 누구도 불평등에 대해 저항하지 않고 개선을 요구하지 않는다면 불평등의 크기는 더욱 커져갈 겁니다. 물론 이런 목소리를 수 세기 동안 높여왔어도 세상은 여전히 불평등하지만요. 그렇지만 작은 변화라도 이끌어낼 수 있었던 건 오로지 불평등에 대한 목소리들 때문이죠. 확실한 건 불평등은 사라지지 않겠지만, 차이를 줄이는 건 가능하지 않을까요? 우리가 가만히 두고 보고만 있지 않는다면 말이에요.

장 자크 루소
사회계약론

시대 흐름 읽기

근대로 들어오면서 이성적이고 합리적인 사상이 자리를 잡고 논리적인 사고체계를 펼치는 사상들이 등장하게 됩니다. 그런데 문제는 지나치게 논리적인 사고를 펼치다 보니 글이 너무 어려워졌다는 겁니다. 그나마 앞선 리바이어던이나 인간불평등 기원론은 우리가 읽기에 무리가 없지만, 사회계약론이나 뒤에 이어지는 자유론이나 국부론을 읽으려면 정말 만만치 않죠. 일단 핵심적인 부분들을 되도록 쉽게 풀어서 사회계약론을 살펴보도록 할게요.

사회계약론은 1762년에 세상에 나왔습니다. 18세기 후반부터 새로운 사상이나 이론들로 인해 이전의 관습적이고 오래된 사상을 타파하려는 개혁적인 운동들이 일어납니다. 이런 현상은 절대왕정에 대한 반감이 깔려있지만 모든 역사의 교훈은 무엇이든지 간에 오랫동안 머무르는 것은 없다는 사실입니다. 마치 고인 물은 썩는다는 말처럼 어떤 국가나 집단은 처음에 시작되었을 당시의 모습을 지속해서 변화 발전시키기보다는 결국 부패하고 향락에 빠져 본래의 모습을 잃어버리죠. 이런 과정이 결국 역사의 바퀴를 돌리는 원동력처럼 새로운 국가가 시작되는 계기가 됩니다.

　　루소가 죽기 4년 전인 1774년 루이 16세가 왕위에 오릅니다. 하지만 루이 16세의 사치와 방탕함은 결국 단두대에서 생을 마감하게 만들죠. 루소는 프랑스 시민 혁명을 직접 겪지는 못했지만, 그의 사상은 사회적 불평등에 대한 시민들의 반감을 깨우기에 충분했습니다. 프랑스는 영국에 비해 산업혁명이 시기적으로는 30년 이상 늦었는데요. 프랑스의 산업혁명은 19세기에 들어서 확산되었습니다. 대신 프랑스 혁명은 루소가 죽은 지 11년이 지나서 1789년에 일어나요. 자유와 평등을 부르짖은 프랑스 시민혁명의 정신은 산업혁명 이후 노동착취에 시달린 노동자들에게도 많은 영향을 주게 되죠.

　　프랑스 혁명은 1789년 7월부터 시작해 1794년 7월까지 5년에 걸쳐 일어난 혁명이에요. 그 결과 왕정은 무너지고 총재 정부를 거쳐 그 유명한 나폴레옹이 정권을 차지하게 되죠. 하지만 권력을 잡은 나폴레옹도 황제에 올랐지만 결국엔 엘바섬으로 쫓겨나게 되죠. 이후 프랑스는 1815년 루이 18세가 즉위하면서 다시 왕정으로 되돌아갑니다. 프랑스의 왕정에 대한 집착은 끝날 줄 모르죠. 이후 1832년 왕정 폐지를 주장하는 시민항쟁이 일어나 공화정이 시작되지만, 대통령으로 뽑은 나폴레옹의 조카 나폴레옹 3세가 또 스스로 황제에 올라 다시 왕정으로 되돌아갑니다. 프랑스는 1870년에 가서야 왕정이 사라지고 공화정이 됩니다. 프랑스 혁명이 일어난 지 무려 76년이나 지나서 말이죠.

　　특히, 1832년의 파리봉기라 불리는 시민 항쟁은 1862년 빅토르 위고가 쓴 소설 레미제라블의 시대적 배경으로 등장하는데요. 18세기 유럽의 계몽주의는 시민들의 의식을 일깨웠고, 산업혁명은 시민들의 생활을 달라지게 했습니다. 산업혁명은 다음에 이어지는 애덤 스미스의 국부론을 통해 자세하게 살펴보도록 할게요.

텍스트 포인트 읽기

　　사회계약론은 분량이 많은 책은 아니에요. 300페이지를 전후한 책입니다. 구성은 모두 4권 또는 4부로 되어 있는데요. 1부는 사회계약에 대해, 2부는 주권에 대해, 3부는 정부 구성에 대해, 4부는 로마의 정치 기관에 대해 다루고 있습니다. 본문의 시작에 루소는 자신이 군주나 입법자가 아니라서 정치에 대해 글을 쓴다고 하는데요. 그 이유가 자신의 의견이 미치는 영향력이 적을지라도 시민이자 주권자로서 정부에 대해 당연히 알아야 하기 때문이라고 밝히고 있어요. 일반 시민도 정부나 제도에 대해 당연히 알아야 권리를 행사할 수 있다는 말이겠죠.

　　루소의 사회계약론에서 많은 이들이 언급하는 유명한 문장이 있습니다. 바로 1부 첫 시작에 나오는데요. '인간은 자유롭게 태어났지만 어디서나 쇠사슬에 묶여 있다.' 입니다.

　　이 문장에서 우리가 주목해야 할 것은 '쇠사슬'이라는 단어입니다. 쇠사슬 하면 무엇이 떠오르나요? 쇠사슬은 무언가에 구속된 있는 상태를 말합니다. 자유와 반대되는 개념이죠. 이후 1848년 마르크스와 엥겔스가 발표한 공산당 선언에도 '쇠사슬'이 등장하는데요.

———— "프롤레타리아가 혁명에서 잃은 것은 쇠사슬뿐이고, 얻을 것은 세계 전체다."

쇠사슬은 억압의 상징으로 마르크스와 엥겔스는 노동자들이 자본의 권력 아래 억압당한 상태를 상징적으로 표현했는데요. 이렇게 사회계약론은 인간이 자유를 잃어버렸다는 전제로 시작합니다.

자연 상태에서의 인간은 자유롭지만 위험에 노출되어 있습니다. 사람들은 위험으로부터 보호받는 대신 쇠사슬에 묶이는 것을 선택했다는 말입니다. 이것이 사회계약론을 말하는 가장 단순한 기본 개념입니다. 인간은 자연에서 자유롭게 태어나 살 수 있었지만, 그보다는 죽음의 공포에서 벗어나기를 원했기에 사회를 이루고 자발적으로 구성원이 되기를 계약했다 즉 동의했다는 겁니다. 그러면서 루소는 인간이 만든 최초의 사회는 가정이라고 했는데요. 말하자면 국가의 우두머리는 마치 가정의 아버지와 같고 국민은 자녀인 거죠.

사회계약론에 대해

먼저 개인은 타고난 권리를 가지고 있죠. 하지만 개인이 가진 권리의 힘은 미약합니다. 그래서 개인은 공동체에 자신의 권리를 넘기는 겁니다. 대신 공동체 구성원으로서의 권리를 얻게 되는 계약을 맺어요. 그렇게 개인들은 자신의 힘을 공동의 것으로 만들어 최고 지휘 권력이 되게 합니다. 이때 최고 지위 권력이란 건 바로 공동체 구성원의 모두를 대표하는 전체 의사를 말하죠. 이제 각 개인은 전체와 불가분의 관계를 맺게 되고 전체 의사의 한 부분이 됩니다. 정리하면 힘이 없는 개인은 자신의 권리를 공동체에 넘겨 공동체를 구성하는 계약을 맺습니다. 그러면 개인이었을 때보다 훨씬 큰 구성원으로서의 권리를 얻게 되는 거죠. 이것을 결합 행위 즉 사회적 계약이라고 말하고 이게 바로 루소가 주장하는 사회 계약론입니다.

사회계약은 집단과 개인들 간의 상호 계약입니다. 개인 간에는 주권자의 한 사람으로서, 주권자에 대해서는 국가 구성원으로 계약을 맺게 됩니다. 하지만 루소는 사회계약으로 잃게 되는 것이 있다고 주장하는데요. 인간은 사회계약을 맺음으로써 타고난 자유와 모든 것에 대한 무한한 권리를 잃게 된다는 거죠. 대신 무엇을 얻을까요? 시민으로서의 자유와 자신이 가진 모든 것에 대한 소유권을 얻게 됩니다. 여기서 시민으로서의 자유란 자연인으로서의 무한한 자유가 아니라 공동체가 규정한 틀 안에서의 제한된 자유를 말해요. 하지만 자유는 제한되어도 자연 상태의 인간 사이에서 발생하는 육체적 불평등은 사회적 계약으로 만든 법에 따라 보호받게 되는 거죠.

주권에 대해

사회계약론에서 중요한 개념 중 하나가 바로 주권인데요. 주권은 전체 의지를 행사하는 것을 말해요. 그래서 절대 양도할 수 없고 집합적 개념입니다. 전체 의지는 평등을 지향하고 개별적 의지는 편파성을 지향합니다. 왜 그럴까요? 쉽게 말해 공동체는 구성원 모두에게 이익이 되기를 바라는 평등성을 띠지만, 개별적인 자신의 입장에서는 대부분 자신에게 이익이 되기를 바라는 편파성을 띠게 마련이라는 거죠. 그렇기 때문에 전체 의지는 언제나 공정하고 공공의 이익을 따르게 됩니다. 하지만 전체 의지는 항상 공정하지 않을 수도 있어요. 왜냐하면 인간은 자신에게 이익인지 항상 아는 것은 아니기 때문입니다. 그래서 루소는 국민은 때때로 잘 속아 넘어가기도 한다고 말하죠. 그렇기 때문에 전체의지를 바람직하게 이끌어 갈 전체적이고 강제적인 힘이 필요한데 그 힘이 바로 주권인 거죠.

일반의지와 전체의지에 대하여

루소의 사회계약론에서 꼭 알고 가야 하는 개념이 있는데 바로 일반의지와 전체의지입니다. 먼저 사람들은 국가라는 정치 조직체를 만들면서 그저 모여 있는 조직체를 넘어선 더 큰 의미를 부여해요. 왜냐하면 사회를 잘 유지하기 위해서는 물리적인 사회계약을 넘어서 정신적으로도 결합되어 있어야 한다고 생각했던 거죠. 그래서 전체의지란 사회 구성원 다수가 공통으로 가지는 의지의 총합입니다. 반면 일반의지는 전체 의지에 속하지만, 그 중에서 공동체의 이익을 위한 의지를 말합니다. 하지만 아까 국민은 무엇이 이익인지 잘 모르고 가끔 속기도 한다고 했잖아요. 그래서 일반의지가 전체의지 중에서 언제나 옳고 공동이익을 지향하는 것이지만, 진짜 옳고 이익이 되는지는 알 수 없기도 해요. 마치 히틀러를 투표로 총통으로 뽑았던 것처럼 말이에요.

루소는 일반의지를 행사하는 것이 주권이라고 했어요. 일반의지를 행사하기 위해선 국민 전체를 대상으로 똑같이 적용되기 때문에 법을 만들면 됩니다. 그래서 국민은 주권을 행사하여 법을 만드는 입법자를 투표로 선출하게 되죠. 그럼 법을 만드는 입법자는 어떤 사람이 되어야 할까요? 루소는 인간에게 법을 제정해주려면 신적인 존재가 필요할 거라고 했어요. 하지만 신적인 존재는 없죠. 그럼 최소한의 조건으로 입법행위에는 개인적으로 이해관계가 없어야 한다고 말합니다. 하지만 그동안 입법기관들이 법을 제정할 때 자신이 속한 집단의 이익을 대변하는 일은 너무 많았죠. 루소가 왜 신적인 존재가 필요하다고 했는지 알겠네요.

정부에 대하여

정부란 국민과 주권자를 연결하는 매개체입니다. 법 집행과 시민의 정치적 자유를 유지하는 책임을 맡고 있죠. 정부는 주권자로부터 명령을 받아 국민에게 전달합니다. 국가가 균형을 유지하려면 주권자와 시민들의 힘이 농등해야 한다고 주장해요. 하지만 루소는 민주정치는 이제껏 한 번도 존재한 적도 없고 앞으로도 없을 것이라고 잘라 말하는데요. 왜냐하면 민주 정치가 가능해지려면 국가가 작아 업무가 많지 않고 지위와 재산이 평등하고 사치가 없어야 하는데 그런 나라는 없기 때문이죠. 그래서 민주정치는 영토가 작고 가난한 나라에 잘 맞는다고 했어요. 루소는 당시 프랑스 왕정 시대를 살았던 사람이니 이런 생각이 당연했던 거죠.

루소는 국가의 존속은 법이 아니라 입법권에 의해 이루어진다고 말합니다. 입법권은 국가의 심장이며 행정권은 두뇌라고 말하죠. 국민이 주권의 주체가 되는 순간 가장 미천한 시민의 신분은 최고 행정관의 신분처럼 신성불가침한 것이 된다고 주장해요. 정부는 다수에서 소수로, 민주정치에서 귀족정치로, 귀족정치에서 왕정으로 옮겨갈 때 타락한다고 말합니다. 그러면서 행정관의 수가 많으면 안 된다고 했어요. 왜냐하면 정부 조직을 유지하느라 행정일은 못 할 수도 있기 때문이죠. 또, 정치적 결합의 이유는 구성원의 보존과 번영이기에 인구가 증가하는 정부가 좋은 정부이고, 인구가 줄어드는 정부가 최악의 정부라고 말합니다.

전체의지는 파괴할 수 없다

4부는 로마를 예로 들어 국가의 기능에 대해 다루고 있는데요. 4부에서 가장 알아야 할 내용은 1장에 나오는 전체의사는 파괴될 수 없다는 부분이에요. 루소는 망하기 직전인 나라에서 전체의사는 침묵을 지킨다고 합니다. 하지만 그럼에도 전체의사가 소멸되는 건 아니라고 주장해요. 다른 의견에 딸려 있을 뿐 여전히 변질되지 않고 순수하다고 말합니다. 왜냐하면 공동의 이익에서 자신의 이익을 완전히 분리할 수 없기 때문이죠. 하지만 독재 군주국가에서는 전체의지조차도 침묵하고 외면할 수 있겠죠. 그래서 루소는 다수결인 선거보다 추첨이 더 민주적이라고 말하는데요. 재산이나 재능이 모두 동등한 조건에서는 누가 되든 문제가 되지 않을 것이기 때문이라고 말하죠. 하지만 루소는 이런 진정한 민주 정치는 존재하지 않는다고 강조해요.

현대 민주정치를 보면 루소의 이런 비관적인 예상이 맞기도 하고 틀리기도 합니다. 루소가 인간불평등 기원론에서 말했듯 부의 불평등 아래 완전히 동등하고 평등한 조건은 사실 불가능하기에 진정한 민주정치란 실현되기 어렵죠. 하지만 루소가 생각했던 것처럼 민주정치가 아주 불가능하진 않았죠. 인류는 지속해서 실수하고 잘못된 선택을 반복했지만, 그럼에도 국민이 주권자인 민주정치를 실현해내려고 여전히 노력하고 있으니까요.

산업혁명의 어두운 이면

영국은 프랑스가 절대 왕정 시기였던 1760년부터 산업혁명이 시작되었는데요. 산업혁명은 앞모습은 화려하지만 뒷모습은 어둡기 짝이 없습니다. 산업혁명 당시 노동자들은 열악한 노동환경과 적은 임금으로 겨우 살아가기에도 버거운 삶을 이어가죠. 특히, 어린 노동자들의 노동 착취는 차마 이루 말할 수 없었다고 하죠. 산업혁명 당시 노동자들의 노동시간은 13시간에서 15시간이었다고 합니다. 중세 시대 농노의 생활도 새벽 5시부터 저녁 8시까지 일했다고 하죠. 시대가 언제이건 간에 하층민들의 고된 삶은 변하지 않았죠.

산업혁명은 새로운 계층인 자본가를 배출합니다. 자본가에 대해 좀 더 살펴볼 필요가 있습니다. 이전의 농업 중심 사회였을 때는 토지의 주인 지주가 가장 부유했고 말 그대로 부자의 상징이었죠. 하지만 산업혁명이 이루어지면서 공장의 주인은 엄청난 이익을 남기게 되고 자본가로 급부상하게 됩니다. 이걸 좀 더 어려운 말로 생산수단을 소유한 사람이라고 말하는데요.

생산수단이란 무얼 말하는 걸까요? 생산 수단은 무언가를 만들어내는 즉, 생산해내는 방법이나 도구를 말합니다. 그럼 산업혁명 하에서 생산수단은 무엇일까요? 그건 공장과 공장에서 만들어내는 생산품, 그리고 그걸 직접 만들어내는 노동자의 노동이 바로 생산수단입니다. 그래서 마르크스는 자본론에서 자본가는 노동자의 노동착취를 통해 이윤을 만들어낸다고 했던 겁니다.

자본가의 입장에서 생산품을 많이 만들어내어 판매하면 그만큼 이윤이 남는 것이니 노동자들의 노동시간은 점점 길어졌어요. 이런 노동자의 열악한 노동환경에 비해 자본가들의 이익은 늘어나는 자본주의의 단점이 드러났죠. 만약 자본가들이 이윤보다 노동자들의 처우개선에 더 신경을 썼더라면 세상은 다르게 흘러갔을까요? 인문학 흐름을 통해 알게 된 역사는 억지로 물길을 만들어 내는 게 아니라 큰 흐름에 저절로 물길이 생긴다는 거죠.

우리는 사회에서 벗어나 자유롭게 살 수 있을까요?

헨리 데이비드 소로우의 월든을 보면 탐하지 않는 삶을 보여주는데요. 평범한 일상을 사는 사람도 가끔은 자연으로 들어가 아무것도 없이 자유롭게 살고 싶다는 생각을 하죠. 그래서 '나는 자연인이다' 라는 프로그램이 지금까지 방송되고 있는 거고요. 우리는 욕심을 없애고 살 수는 있습니다. 하지만 문제는 그게 쉽지는 않다는 거죠. 우리가 최소한에 만족할 수 있는지는 자기 자신도 경험해보기 전까지는 모르니까요. 그래도 그런 분들이 있는 걸 보면 누구나 할 수 있는 일이긴 한데요. 우리가 생각해 봐야 하는 건 인간의 특징 중 하나인 양면성은 사회 속에서 벗어나길 바라기도 하지만, 동시에 도시 속에서 복작거리고 살고 싶어하기도 한다는 겁니다. 그래서 대부분은 소로우처럼 숲으로 들어가지 못합니다. 그게 단지 욕심을 가졌기 때문은 아니죠. 우리가 무리 속에서 안심하고 살 수 있는 건 이제 본성이기도 합니다. 특히, 도시에서 태어나 도시에서 자란 많은 이들에게 사회를 벗어난다는 건 아마 어렵겠죠.

단지 우리는 무엇이든 선택 할 수 있는 자유의지가 있는 존재이기에 기회를 남겨 두는 것도 나쁘지 않을 겁니다. 사실 언제든지 자유로워질 수 있는 기회가 있다는 건 굉장히 매력적이지 않나요?

03

국부론

애덤 스미스

시대적 배경 이해하기

애덤 스미스의 국부론은 1776년에 세상에 나왔습니다. 애덤 스미스는 스코틀랜드 학자입니다. 국부론은 최초의 경제학 책으로 알려져 있는데요. 이 말은 경제에 대한 연구가 그 이전에는 활발하지 않았다는 뜻이겠죠. 인류의 삶을 혁명적으로 바꾸어 놓은 산업혁명은 1760년에 영국에서 시작되어 1840년까지 80년 동안 급속도로 여러 나라로 퍼져 나갑니다. 제임스 와트가 발명한 증기기관이라는 기계 설비는 대량생산을 가능하게 했고, 자본의 축적을 가져와 자본가를 배출하였죠. 이제 세계 많은 국가에서 자본주의를 경제원리로 채택하게 됩니다.

당시 영국은 정치적으로는 1714년 스튜어트 왕가의 마지막 여왕인 앤 여왕이 죽고 독일계인 하노버 왕조가 들어섭니다. 국부론이 나온 시기는 조지 3세 때인데요. 영국의 산업혁명은 조지 2세가 사망한 1760년부터 시작되어 조지 3세 때 활발하게 진행됩니다. 영국은 1688년 제임스 2세를 폐위한 명예혁명을 통해 왕권을 제한하고 의회의 권한을 확대한 권리장전이 승인되죠. 이후 스튜어트 왕가의 앤 여왕이 후계자가 없이 사망하자 하노버 왕조가 들어서면서 의회가 정치를 하는 책임 내각제를 수립하게 됩니다. 왜냐하면 앞서 하노버 왕조는 독일계라고 말했잖아요. 하노버 왕조의 조지 1세는 영어도 몰랐기 때문에 직접 정치를 하지 못했던 거죠.

미국의 독립

국부론이 나온 1776년은 영국이나 미국에 아주 중요한 사건이 일어난 해인데요. 미국은 영국에서 건너간 개신교들이 정착하기 시작해 이룬 영국의 식민지였습니다. 이런 미국이 1776년 조지 3세 때 독립선언을 해요. 실제적인 미합중국을 이룬 시기는 독립선언을 한 지 7년 뒤인 1783년에 파리조약에서 미국독립을 승인하여 우리가 아는 United of States of America 미합중국이 탄생하죠. 그런가 하면 영국과 가까운 프랑스에서는 국부론이 나온 지 13년 후인 1789년에 프랑스 혁명이 일어나고요.

인도 식민지화

조금 더 다른 나라로 가볼까요? 1776년은 조선의 정조가 왕위에 오른 해이기도 합니다. 탕평책을 실시하고 개혁을 시도했던 정조의 시대에 영국에서는 국부론이 나왔군요. 무엇보다 인도를 살펴봐야 하는데요. 영국은 식민지 정책의 일환으로 인도를 1757년부터 점령하기 시작하여 1763년에 정치적으로 지배하기 시작해요. 그러다 1857년에 영국이 직접 통치하게 되어 영국의 식민지가 됩니다. 이후 인도가 영국에서 독립한 것은 무려 90년이나 지나서 1947년입니다.

국부론을 이해하기 위한 사전 지식

    1700년대 유럽은 중상주의 경제 정책이 주도합니다. 십자군 전쟁과 르네상스를 거치면서 유럽 국가들은 소득이 증대하고 상공업이 발달하게 됩니다. 그런데 정치 체제는 왕정으로 절대 군주 국가였죠. 그러니 국가가 나라 경제에 직접 간섭하며 통제하는 정책을 펼치게 되죠. 장원의 붕괴와 무역도시의 발달로 유럽은 농업 중심에서 새로운 상업 중심으로 이동하게 됩니다. 거기에 신대륙의 발견으로 무역은 더욱 늘어나게 됩니다.

    여기서 또 하나 기억해야 할 것은 그 당시 유럽은 끊임없는 전쟁을 벌였기에 영토를 유지하는 것이 아주 중요했는데요. 그렇다면 중요한 건 절대군주가 존재하는 나라를 유지하는 것이었겠죠. 나라를 유지하기 위해 군대를 양성해야 하고 왕가도 유지해야 하니 돈이 많이 들겠군요. 그래서 나라가 부를 쌓아야 하는 국부가 중요해집니다. 나라의 국부를 축적하기 위해서는 상업이 중심인 중상주의 경제정책이 힘을 얻게 된 거죠.

또, 당시 화폐를 만드는 소재였던 금. 은이 굉장히 중요해집니다. 금과 은은 주로 신대륙 식민지에서 얻었기 때문에 식민지 정책은 더욱 가속화되죠. 상업이 발달할수록 무역은 늘어나고 화폐는 더 많이 필요하겠죠? 무역이 중심이 된 경제는 수입보다 수출이 많아 나라에 돈이 많이 쌓이고 국가가 부자가 되는 게 중상주의의 핵심입니다. 애덤 스미스의 국부론은 중상주의로 인해 국가가 지나치게 경제에 개입하던 정책을 비판한 책이에요.

국부론은 분량이 상당하고 내용도 전문적이라 읽기 어려운 책이에요. 국부론은 크게 5편으로 구성되어 있어요. 국부론에서 꼭 알아야 할 것들은 분업과 노동가치 그리고 자본의 축적과 중상주의입니다. 조금 더 자세히 살펴보면 1편은 분업과 시장에서 형성되는 상품의 가치와 노동자의 임금 그리고 자본의 이윤을 다루고 있습니다. 2편은 자본은 무엇이고 어떻게 축적되며 사용되는지를 다루고 있죠. 3편은 국부론에서 가장 넘어가도 되는 부분으로 로마 제국을 예로 들며 다루고 있습니다. 4편은 국부론에서 가장 중요하게 봐야 하는 부분인 중상주의와 중농주의에 대해 다루고 있습니다. 5편은 국가의 재정에 대해 다루고 있다고 보면 됩니다. 국왕의 지출이나 국방비 등에 대해 다루고 있습니다.

먼저 우리나라에서 번역된 책 제목은 국부론입니다. 원서의 제목은 An inquiry into the nature and causes of the wealth of nations, 국부의 성질과 원천에 관한 연구인데요. 현대의 경제학은 economics이지만 1870년대 이전에는 political economy(정치 경제)

이었습니다. 여기서 알 수 있는 건 경제를 기본적으로 정치와 연결했다는 거죠. 그렇기 때문에 국부는 국가만이 아니라 국민 모두의 부를 말해야 합니다. 국가가 부유하려면 세금을 많이 거두어들이면 되지만 국민이 부유하려면 어떻게 해야 할까요? 이 질문에 대한 답이 국부론의 내용입니다. 애덤 스미스는 국부를 늘리려면 노동의 질을 향상시키고 노동의 양을 늘려야 한다고 했어요. 그렇게 하기 위해 노동자의 재주와 숙련도를 향상시켜야 하는데 그게 바로 분업이에요.

분업에 대하여

분업은 현대 경제학에서 꼭 알고 넘어가야 하는 개념입니다. 분업은 산업혁명으로 대량생산이 가능해지면서 필요성이 강조되었죠. 애덤 스미스는 분업에 대한 예로 가장 유명한 핀 공장을 등장시키는데요. 분업이 이루어지지 않는 핀 공장에서 노동자 한 사람은 하루에 20개도 못 만들지만, 분업이 이루어지는 공장에서는 노동자 한 사람이 4,800개를 만들 수 있다고 말합니다. 20개에서 4,800개면 무려 240배의 생산력이 분업으로 인해 증가하였다는 말이 되죠. 당시 분업에 대한 뜨거운 반응이 예상되는 대목입니다. 스미스는 분업을 하면 노동자들의 숙련도가 증가하고 다른 공정으로 이동할 때 시간을 절약할 수 있으며 노동을 쉽게 만드는 기계를 발명하기 쉬워진다고 주장했습니다.

노동가치설

인간의 노동이 가지는 가치에 대해 말하는 개념인데요. 현대 경제학에서 인간의 노동은 아주 중요한 문제입니다. 왜냐하면 모든 경제 활동의 바탕에는 인간의 노동이 있기 때문이죠. 특히, 스미스가 살던 시대에 인간의 노동이란 모든 상품을 만들어내는 데 가장 중요한 요소였고요. 노동 가치설은 인간의 노동에 의해 상품의 가치를 결정하는 것을 말합니다. 조금 더 고상하게 말하면 상품이 가지는 가치를 결정하는 척도는 상품을 만드는 데 들어간 사람의 노동이고, 가격은 그저 명목일 뿐이라는 겁니다.

하지만 여기서 생각해봐야 할 것이 있어요. 노동의 종류는 굉장히 다양하기 때문입니다. 노동 강도나 기술이 다르고 현대 지식노동의 경우엔 기준을 하나로 측정하기 어렵습니다. 하지만 노동가치 개념이 중요한 건 바로 인간의 노동에 가치를 부여했다는 거죠. 인간의 노동은 신성하다는 말이 있듯이 말입니다. 먼저 노동의 가치를 부여했기 때문에 노동자들이 만들어내는 상품에도 가치를 부여할 수 있는 거죠. 애덤 스미스는 상품의 가치는 타인의 노동의 양과 같다고 말합니다. 그래서 노동은 모든 상품의 교환가치를 측정하는 진실한 척도라고 주장하죠.

자본의 축적

애덤 스미스는 경제가 발전하려면 자본을 축적 즉 돈을 모아야 한다고 주장했는데요. 왜냐하면 첫째, 노동자의 고용을 늘리기 위해서이고 둘째, 기계나 도구를 구입하여 생산성 향상을 늘리기 위해서예요. 스미스는 특히 자본을 모으기 위해서는 절약하여야 한다고 주장하죠. 그래서 낭비하지 않고 근검절약해야 한다고 말하죠. 이건 애덤 스미스가 생각한 자본가란 작은 수공업 공장을 운영하는 정도의 자본가였기 때문인데요. 당시 스코틀랜드는 1707년 앤여왕 시절 잉글랜드와 통합되었기 때문에 영국 본토에 비해 산업혁명이 늦었죠. 그래서 전문 수공업자를 고용하는 공장제 수공업인 매뉴팩처가 산업의 대부분이었어요. 애덤 스미스는 기계식 공장제가 도입되어 자본의 축적이 엄청나게 늘어났던 자본가를 미처 몰랐던 거죠.

중상주의와 보이지 않는 손

애덤 스미스가 살던 당시 영국의 조지 3세는 왕권을 확대하는 정책을 펼쳤어요. 그러다 보니 왕실과 가까운 제조업자나 상인의 이익을 위해 국가가 개입하는데요. 조지 3세는 제조품의 수출을 증가시키려고 국내 원료 생산자는 원료 수출을 못하게 했어요. 대신 국내 제조업자에게만 팔 수 있게 했죠. 이런 불합리한 정책을 스미스는 비판하며 모든 개인에게 경제활동을 자유롭게 하게 하면 보이지 않는 손에 의해 이익이 증가한다고 주장했던 거죠. 재미있는 건 시장 자유주의를 주장하는 경제학자들이 수없이 언급한 '보이지 않는 손'은 국부론에 딱 한 번 등장한다는 거예요.

국부론이 쓰인 건 산업혁명이 막 일어난 초기였어요. 이후 기계식 공장제의 도입으로 인해 노동자의 노동시간은 늘어나고 자본가의 자본 축적도 엄청나게 늘어납니다. 스미스가 기대했던 자본가들은 절약하면서 다시 공장으로 재투자하지 않아도 자본은 남아돌았죠. 애덤 스미스는 인간의 욕망이 자본과 함께 배를 불려갈 줄은 미처 생각하지 못했던 거죠.

국부론의 한계

국부론이 경제학에서 중요한 이유는 공장에서 생산되는 생산품의 가치를 측정할 때, 물건을 생산하는 노동자의 노동의 양으로 측정해야 한다는 '노동가치설'을 가장 먼저 주장했다는 거예요. 하지만 애덤 스미스는 앞서 말했듯 산업혁명의 중심지가 아닌 스코틀랜드 출신입니다. 당시 스코틀랜드는 공장제 수공업인 매뉴팩처만이 있었죠. 이런 규모가 작은 경제 환경 속에서는 자본가와 노동자를 구별할 수 없었죠. 왜냐하면 공장제 수공업은 자본가인 사장도 노동자와 함께 일했기 때문입니다.

노동자와 일하지 않는 자본가의 등장을 생각하지 못했던 애덤 스미스는 실업자가 생길 수 있다는 생각도 하지 못했어요. 왜냐하면 그당시 공장제 수공업은 숙련된 기술자가 반드시 필요하고 중요했지만 숙련된 기술자는 많지 않았거든요. 그렇기 때문에 애덤 스미스는 기계식 공장이 산업의 주류가 될 것을 내다보지 못했던 거죠. 그래서 당시 시대 상황에서 볼 때 국가가 개입하지 않아야 시장이 저절로 잘 돌아간다고 생각했던 겁니다. 더 정확히는 왕실이 국가 경제에 개입하지 않아야 한다고 주장했던 거고요. 국부론의 노동가치설은 그대로 이어받고 부족한

부분을 수정 보완한 경제학 이론이 91년 뒤에 나온 마르크스의 자본론입니다.

산업혁명은 애덤 스미스의 학설을 뒷받침한 자본주의 경제학과 함께 성장했어요. 하지만 브레이크 없는 열차처럼 자유방임주의 경제는 결국 심각한 문제를 드러내게 되죠. 이때 자유방임 경제를 버리고 국가가 경제에 개입하여 실업과 소득분배의 불평등을 해결해야 한다고 주장한 학자가 존 메이너드 케인즈인데요. 영국 경제학자인 케인즈는 마르크스가 죽은 해인 1883년에 태어났어요. 케인즈는 20세기 초인 1929년 자본주의경제의 심각한 부작용인 대공황을 겪으며 새로운 이론을 내놓습니다. 바로 수정 자본주의인데요. 케인즈는 자본주의 사회를 소비자와 투기꾼 및 기업가로 나누고, 이들이 개인주의와 이기주의로 인해 소비와 투자가 완전고용을 달성하는 규모에 도달하지 못하기 때문에 실업이 생긴다고 주장했습니다. 그러니 국가가 개입하여 국가의 재정지출을 통해 소비와 투자를 증대시켜야 실업이 제거될 수 있다고 주장했어요.

케인즈의 경제학은 1970년대까지 경제학계를 지배하게 되지만, 1980년대 이후 세계 경제는 금융자본주의라 불리는 시대로 접어들게 됩니다. 자본의 소유나 기능이 분화되어 신용과 금융이 더 복잡해지게 됩니다. 결국 이전의 자유방임과 국가 개입이라는 경제 논리로 설명하기 어려워지죠. 케인즈는 자본주의 사회는 자체의 모순으로 인해 붕괴할 거라고 주장했던 마르크스의 주장을 받아들이지 않았습니다. 대신 사회 구성원들이 자본주의에서 생기는 문제들을 잘 해결해 나갈 거라 했어요. 지금 세상을 보면 마르크스보다는 케인즈의 생각이 더 맞았네요. 사회주의 국가는 무너졌지만 자본주의는 아직 건재하니까요. 하지만 21세기 자본주의 경제는 극심한 양극화가 만들어 낸 빈부격차를 비롯해 많은 문제를 안고 있죠. 과연 인류는 이런 문제를 해결하면서 역사의 길을 평화롭게 지나갈 수 있을까요?

질문 꺼내 읽기

경제와 정치는 왜 뗄래야 뗄 수 없는 관계일까요?

정치경제학이라는 경제학의 본래 단어의 의미는 경제를 이끌어 가는 건 결국 정치라는 건데요. 그만큼 정치가 중요한 이유는 경제 때문이라는 거죠. 지난 92년 미국 대선에서 빌 클린턴이 말한 구호 '문제는 경제야 바보야!'가 통했던 것이 바로 하나의 증거이기도 하죠. 물론 미국의 시기적인 상황과 잘 맞아떨어진 구호이기도 했지만, 정치란 결국 국민들이 경제적으로 잘 살게 하는 것이란 본질 때문이기도 했죠. 그만큼 흔히 말하는 '먹고사니즘'이 중요하다는 말이기도 하고요. 두말할 것도 없이 모든 정책들은 경제의 흐름을 좌우하는데요. 금리 조정을 비롯한 경제 정책들은 국민들의 일상을 흔듭니다. 더군다나 잘못된 판단으로 인한 정치적 결정들은 국가의 경제를 파탄 나게 만드는 걸 우리는 경험했죠. 정치가 경제를 만듭니다. 이제는 세계의 경제 흐름까지 고려해야 하는 상황에서 국제 정치 또한 중요해졌죠. 대부분의 가난한 국가의 공통점이 정치의 후진성이라는 점만 보더라도 정치와 경제가 한 몸이라

는 걸 말해주죠. 결국 우리가 정치에 대해 무관심하면 안 되는 가장 중
요한 이유인 거죠.

04

찰스 디킨슨
올리버 트위스트

시대 흐름 읽기

올리버 트위스트는 1838년에 출간된 '크리스마스의 선물'로 유명한 영국 작가 찰스 디킨슨의 작품입니다. 찰스 디킨스의 작품에는 휴머니즘이 깔려 있다고 해요. 그래서 '크리스마스 캐롤'이나 '올리버 트위스트'도 결국엔 선한 사람들이 좋은 결말을 맞이하거든요. 비슷한 시기에 나온 괴테의 '파우스트'와는 완전 다른 분위기의 작품이죠. 올리버 트위스트는 작품 자체도 좋지만, 그보다 시대적 배경을 알면 더 좋은 작품입니다. 왜냐하면 1834년에 영국에서 시행된 신 빈민구제법에 대한 비판을 담고 있기 때문입니다.

영국의 빈민구제법

영국의 빈민구제법은 꽤 오랜 역사를 가지고 있어요. 영국은 1601년 엘리자베스 1세 여왕 때 빈민 정책의 기틀인 구민법을 개정했어요. 빈민구제법의 핵심은 결국 노동력을 가진 자들이 구걸하거나 방랑하면 처벌을 하는 법이었습니다. 그 바탕에는 극빈자들의 노동력을 이용하려는 의도가 담겨 있는 거죠. 당시 영국은 장원 붕괴와 16세기부터 이어진 인클로저 운동으로 많은 농노가 터전을 잃고 도시를 떠도는 부랑자가 되었어요. 당연히 도시에는 고아와 부랑자들이 늘어났습니다. 그러자 영국 정부는 극빈자를 구한다는 미명 아래 그들을 구빈원에 가두고 하루 12시간씩 노동시켜 근대적 노동자로 만들게 되죠.

결국 영국의 구빈정책은 산업혁명으로 생긴 자본가들에게 이용되어 노동자들의 임금은 줄이고 노동시간은 늘리는 수단으로 이용됩니다. 고아나 집 없는 부랑자들은 노동을 착취하기에 더없는 조건이었죠. 하지만 이런 구빈법에 대한 비판은 찰스 디킨스처럼 문학으로 비판하는 예술가부터 정치학자들에 의해 상당한 비판을 받게 됩니다. 영국은 이런 시대적 상황 덕분에 노동법이 일찍 생기긴 했는데요. 1349년에 생긴 노동자 법령은 임금을 인하하고 노동시간을 연장하는 법이었고, 노동자들이 단결하여 단체협약을 요구하거나 파업하는 행위를 14세기부터 1825년까지 큰 죄로 다스렸어요. 결국 노동법이 있었지만, 노동자를 위한 법은 아니었던 거죠.

그러다 1834년에 제정된 신 빈민구제법은 구빈원이라는 시설을 만들어 그곳에 부랑자들을 수용하게 되죠. 올리버 트위스트의 주인공 올리버도 이 구빈원에서 자라게 되는데요. 당시 구빈원을 담당하는 관리들의 비리가 많았다는 걸 짐작하게 하는 내용들이 작품에 그대로 담겨있죠. 찰스 디킨스는 '올리버 트위스트'에서 신 빈민구제법이 가진 자의 돈벌이 수단에 이용될 뿐 가난한 자들을 위한 정책이 아님을 비판했던 겁니다.

텍스트 포인트 읽기

소설에는 순수하고 선량한 소년 올리버가 등장합니다. 올리버 트위스트의 순수한 선량함은 악에 물들지 않고 결국 행복하게 된다는 이야기인데요. 전체적인 줄거리 핵심은 권선징악으로 악한 사람들에게 모함과 괴롭힘을 당하던 불쌍한 고아 올리버는 구원받고 악한 사람들은 벌을 받는다는 내용입니다. 올리버는 구빈원에서 자라게 되는데 어느 날 굴뚝 청소부 갬필드에게 끌려가 굴뚝 청소를 하게 될 위기에 처합니다. 하지만 다행히 당시 굴뚝 청소를 하는 어린이들이 죽는 사고가 너무 잦아서 판사는 허락하지 않게 되고 다행히 올리버는 위기에서 벗어나게 됩니다. 당시 영국에서는 좁은 굴뚝을 청소하는데 용이한 몸집이 작은 어린이들이 많이 고용되었다고 하죠. 하지만 굴뚝을 청소하다 질식해서 죽는 사례가 빈번했어요. 21세기인 지금도 여전히 가난한 환경에 처한 어린 노동자들이 있다는 사실이 씁쓸하네요.

올리버 트위스트에서 가장 악인은 유대인 노인 페긴입니다. 물론 페긴을 사주한 이복형인 멍크스도 악인이지만 작품에 등장하는 유대인 노인을 주목할 필요가 있는데요. 19세기 문학 작품에서 유대인은 대부분 악인으로 설정됩니다. 셰익스피어의 희극 '베니스의 상인'에 나오는 고리대금업자 샤일록 또한 유대인이죠. 게다가 유대인의 직업은 대개 고리대금업입니다. 유대인 고리대금업자가 많은 건 그만한 이유가 있는데요. 유럽 사회에서 유대인들은 오래전부터 환영받지 못했어요.

근대에 들어서면서 도시에 상업이 활발해지고 화폐가 주요 유통수단이 되었을 때 돈을 다루는 직업이 필요했습니다. 당시 유럽의 귀족들은 돈을 다루는 일을 명예롭지 않은 일이라고 생각했기에 다른 민족에게 맡기게 되는데요. 그들이 바로 유대인이었던 거죠. 유대인들은 기원전 고대 유대왕국이 멸망하고 나서 유럽 각지로 흩어져서 살아가지만 그들의 종교만큼은 개종하지 않고 이어갑니다. 유대교와 기독교의 차이를 간단하게 말하면 유대교는 예수를 인정하지 않습니다. 기독교 사상은 예수 이후에 널리 퍼진 종교로 흔히 말하는 구약성경 일부와 신약성경을 경전으로 보고 있죠. 하지만 유대교는 신약성경을 인정하지 않습니다. 여전히 그들의 하느님 야훼가 약속한 구세주 메시아를 기다리고 있는 게 기독교와 다릅니다. 유대교인들은 고리대금업자나 장사꾼으로 유럽 사회에서 부를 이루게 되죠.

그런데 막상 유대인들이 엄청난 부를 쌓게 되자 많은 유럽인이 그들을 싫어했다는 점입니다. 유럽 문학에서 유대인을 악역으로 등장시키는 이유이기도 해요. 그러다 결국 19세기 후반 유럽에는 반유대주의가 형성되기에 이르죠. 이런 유럽 사회의 유대인에 대한 깊은 반감은 결국 잘못된 민족주의의 먹이가 되어 유대인 학살로까지 이어지게 됩니다. 올리버 트위스트에 등장하는 유대인 페긴도 정말 나쁜 인간으로 나오는데요. 선량한 영국 소년 올리버를 자꾸 어둠의 세계로 끌어들이죠.

작품에서 페긴은 돈이라면 무슨 짓이든 하는 인간으로 올리버를 악의 구렁텅이로 몰아넣으려고 온갖 술수를 꾸밉니다. 하지만 올리버 아버지의 친구인 브라운 로우와 이모인 낸시를 만나면서 올리버는 구출됩니다. 결국 페긴과 멍크스를 비롯한 악인들은 죗값을 받게 되고요.

올리버 트위스트가 가지는 작품의 의미는 무엇보다 가난한 사람들의 노동착취가 깔려 있다는 건데요. 영국은 산업혁명이 시작된 나라였고 그래서 노동문제 또한 일찍 드러났어요. 노동조합이 가장 먼저 생긴 것도 바로 영국이었으니까요. 19세기 노동자들은 10시간에서 15시간의 강도 높은 노동을 해야 했고, 무엇보다 산업혁명의 비애는 바로 어린이들의 노동착취에 있습니다. 올리버 트위스트는 가난한 아이들의 노동착취와 범죄자가 되어야만 했던 현실을 비판하고 있죠. 마치 벗어날 수 없는 함정에 계속 걸리는 올리버처럼 가난한 자들이 벗어나기 힘든 현실도 함정이었던 거죠.

주인공 올리버 트위스트는 작가 찰스 디킨스와 닮아 있어요. 디킨스는 어릴 때 집이 가난하여 교육은 커녕 12살 때부터 공장에 다녀야 했거든요. 이런 환경을 벗어나고자 디킨스는 열심히 노력했고, 결국 작가가 되었으니 주인공 올리버가 어려움에 굴하지 않는 모습과도 비슷하죠. 올리버 트위스트는 작가 자신이 보고 겪은 영국 산업사회의 실상과 이면을 잘 반영하고 있는 작품입니다.

올리버 트위스트가 나온 지 10년 후인 1848년 독일에서는 마르크스와 엥겔스가 공산당 선언을 발표합니다. 산업혁명으로 시작된 자본주의는 결국 노동자와 자본가의 갈등의 깊은 골을 만들게 되죠. 모든 역사 사건에는 마치 냄비 속의 물처럼 뜨거워지는 과정이 있었습니다. 19

세기는 산업혁명 이후 영국만이 아니라 더 나아가 유럽 사회가 당면한 문제들이었고 이런 갈등은 계속 쌓이면서 증폭되고 있었죠. 19세기 중반은 냄비 속의 물처럼 자본주의 이면의 문제들이 끓어올라 넘치기 직전이라고 보면 됩니다. 19세기 후반 결국 노동자를 비롯한 하층민들의 불만은 끓어 넘치고 세계 곳곳에서 마르크스주의가 주도하게 됩니다.

문학은 사회 현상을 구체적으로 다루기보다는 사회현상 속에서 적응하고 변화하는 인간의 모습을 구현하는 예술입니다. 그래서 올리버 트위스트도 빈민 구제법을 비롯한 사회문제를 다루고 있지만 사람들은 그보다는 올리버라는 인물에게 반응하고 집중하거든요. 올리버처럼 선한 사람이 나중에 잘 돼야 할 텐데 마음을 졸이면서 읽게 되죠. 문학의 매력은 바로 이런 겁니다. 결국 세상이 중요한 것도 그 안에 사람이 있기 때문이니까요. 역사의 흐름에 힘없이 흔들리면서도 살아내는 사람을 보면서 대중들은 공감하고 살아가는 용기와 힘을 얻게 되죠. 그래서 대놓고 가르치는 것보다 더 많은 변화를 이끌어 낼 수 있는 것도 문학입니다. 사람을 이해해야 세상을 이해하게 되니까요.

질문 꺼내 읽기

인간의 천성은 타고나는 것인가? 교육되는 것일까?

소설이나 영화에서 타고난 선한 천성으로 마땅히 복을 받는 설정이 많긴 하지만, 실제 현실에서는 인간의 성향이 타고나는 것인지 아니면 교육되는 것인지는 의견이 분분하죠. 사이코패스의 뇌 구조를 연구한 제임스 팰런 교수는 자신의 뇌가 사이코패스와 같다는 걸 밝히며, 인간에게 환경이 중요하다는 걸 주장했는데요. 하지만 이에 대한 반론도 만만치 않죠. 같은 환경에서 자란 형제들이 각각 다른 선택으로 인생의 길이 달라지는 걸 보면 인간의 타고난 성향 또한 중요하다고 말이에요. 그럼에도 불구하고 인간에게 주어진 환경이 타고난 유전자보다 더 많은 영향을 준다는 의견이 더 지배적인데요. 왜냐하면 인간은 타고난 유전자의 특성이 있다고 하더라도, 유전자의 특징이 어떻게 발현되는가는 자라는 환경에서 맞이하는 상황이 좌우하기 때문이죠. 상황이 최악일지라도 도움이 손길이 있거나 돌보는 손길이 있다면 인간은 최악의 유전자를 발휘하지 않을 확률이 훨씬 높습니다. 범죄를 저지른 사람들

의 환경이 압도적으로 안 좋다는 것만 봐도 알 수 있죠. 인간의 유전자
는 특성일 뿐 어느 방향으로 발현되는지는 전적으로 환경에 달려있다고
보는 게 맞지 않을까요?

05

존 스튜어트 밀
자유론

시대 흐름 읽기

영국 학자들의 책은 대체로 소화하기 어려운 책들이 많습니다. 특히 인문 고전은 더욱 그렇죠. 존 스튜어트 밀의 자유론도 읽기 편하지도 않고 내용을 이해하기도 만만치 않은데요. 중요한 건 이 책이 왜 이 당시에 나왔고 어떤 이론을 말하는 책인지를 파악하면 중요한 핵심은 알 수 있어요.

1859년 존 스튜어트 밀의 자유론이 세상에 등장합니다. 하지만 또 하나의 엄청난 책이 세상에 나오는데요. 바로 영국의 생물학자 찰스 로버트 다윈의 종의 기원입니다. 진화론이라는 거대한 이론을 펼친 다윈의 이론은 인류 역사에 큰 획을 긋게 되죠. 인류는 중세의 종교적 관점에서 많이 벗어나게 됩니다. 신이 창조한 인간과 동물의 특성이 환경에 적응한 생물학적 변이의 결과였다는 다윈의 진화론은 당시 엄청난 충격을 종교계나 학계에 던졌겠죠. 성스럽고 위대한 인간이 원숭이에게서 분화되었다는 이론은 당시에는 정말 위험하지만, 세상을 뒤집은 코페르니쿠스적 사고의 전환이었죠.

19세기 시대 상황

　　19세기는 인류 역사에 중요한 사건이 많은 시기입니다. 1814년 프랑스의 나폴레옹이 엘바섬으로 추방당하면서 유럽에서 큰 전쟁은 끝이 납니다. 이후 유럽은 1차 세계대전이 일어난 1914년까지 약 100년간의 평화가 유지되죠. 그런가 하면 1825년에는 세계 최초로 영국에 철도가 개통됩니다. 하지만 무엇보다 19세기에 일어난 중요한 사건으로는 2차 산업혁명입니다. 18세기 영국에서 시작된 1차 산업혁명이 증기기관에 의한 시작이었다면, 19세기 후반에 일어난 2차 산업혁명은 전기와 자동차, 철강 산업을 중심으로 획기적인 산업구조의 변화를 가져왔죠. 그리고 2차 산업혁명은 영국이 아닌 미국과 독일을 중심으로 시작되었어요. 미국의 에디슨과 테슬라가 발명한 전구와 전기의 보급은 인류의 생활에 엄청난 변화를 가져옵니다. 어두운 밤에도 대낮처럼 환하게 불을 밝힌다는 건 당시 사람들에게는 정말 놀라운 사건이었죠.

　　유럽을 비롯한 미국은 산업혁명으로 인해 급속도로 경제 규모가 팽창하자 자국 내에서 벗어나 다른 대륙으로 눈을 돌리게 됩니다. 물론 희생의 대상들은 근대화를 이루지 못한 아시아와 아프리카를 비롯한 저개발 국가들이었죠. 1868년 메이지유신으로 제국을 선언한 일본도 제국주의에 합류하게 되죠. 그런 반면 19세기는 경제 발전뿐만 아니라 문화적인 발전도 눈부셨는데요. 도스트예프스키와 톨스토이를 비롯한 많은 위대한 작가들이 등장하였고, 빈센트 반 고흐와 고갱을 비롯한 화가들과 차이코프스키나 쇼팽을 포함한 음악가들이 꽃을 피운 문화예술의 시대였습니다.

1830년 7월 이른바 프랑스의 7월 혁명 이후 프랑스의 귀족 체제가 무너집니다. 이를 계기로 자유주의 물결이 세계로 퍼져나가죠. 개인의 사상을 표현하는 자유에 대한 중요성이 높아지면서 정부의 역할에 대한 연구도 활발하게 됩니다. 그런가 하면 19세기가 되면서 사회가 급속도로 변하자 인구수와 경제 규모가 커지게 됩니다. 이렇게 사회가 확대되면서 정부의 역할은 점점 더 커지게 되었죠. 사회활동에 참여하는 인구가 많아진다는 건 그만큼 문제가 생긴다는 뜻이니까요. 이런 문제를 해결하기 위해 국가가 더 많이 개입하게 되고요. 게다가 정부의 역할 확대는 개인의 자유를 제한하는 문제와 맞물려 있기 마련입니다. 자유론은 간단하게 말하면 개인의 자유와 사회의 자유 즉 공권력인 통치자의 권력 중에서 무엇이 더 중요하냐에 대한 논의를 다룬 책입니다. 이제 본문을 살펴보도록 할게요.

텍스트 포인트 읽기

　자유론은 모두 5장으로 구성되어 있어요. 1장의 서문에서는 자유에 대해 2장은 사상과 토론의 자유에 대해 3장은 인간의 행복을 위해 필요한 개별성에 대해 4장은 개인에 대한 사회의 권한은 어디까지인지에 대해 5장은 사회가 개인에게 행사하는 권한의 한계에 대해 5장은 현실에서 적용되는 자유에 대해 다루고 있어요.

　먼저 1장은 정치적 지배자의 권력으로부터 국민의 자유를 보호하는 것부터 시작하는데요. 왜냐하면 자유와 권력은 인류 역사에서 오래도록 대립해 왔기 때문이죠. 그래서 통치자의 권력이 무기가 되어 국민들을 괴롭히지 않게 제한해야 하죠. 그렇게 해야 국민들이 마음껏 자유를 외칠 수 있으니까요. 밀은 권력을 제한하기 위한 두 가지 방법을 제시하는데요. 첫째, 권력이 간섭할 수 없는 정치적 자유 영역을 만들어 놓는 것과 둘째, 헌법으로 규정하여 권력을 제한하는 것이죠. 국가 권력을 제한해야 하는 이유는 이제는 이전의 전제정치 하의 국가 권력이 아니기 때문인데요. 지배자와 국민은 이제 동등한 입장이어서 국민이 지배자를 쫓아낼 수 있게 해야 한다고 말하죠.

자유는 절대적으로 보장되어야 하는 고유한 영역이어야 하는데요. 그 고유한 영역은 첫째, 내면의 영역인 의식입니다. 그래서 사상과 의견을 자유롭게 표현할 수 있어야 하죠. 둘째, 취향과 추구의 자유인데요. 이건 개별성을 말하는 겁니다. 우리는 각자 하고 싶은 일을 할 수 있어야 하죠. 셋째, 자발적이고 오로지 자기 의사에 따라 단체를 결성할 자유도 있어야 하죠. 밀은 이 세 가지가 자유의 고유 영역이라고 말하고, 이것들이 보장되어야 완벽하고 자유로운 사회라고 주장합니다.

2장에서는 사상의 자유를 대표하는 출판의 자유에 대해 언급합니다. 밀은 그 당시에도 출판에 대해 억압적이라고 말해요. 정부는 사람들의 의사 표현을 종종 통제하려고 하는데 국민을 두려워할 필요가 없을뿐더러 오히려 개인의 의견을 침묵시키는 것은 심각한 해악이라고 하죠. 왜냐하면 우리는 이제 지성적 존재로서 잘못된 것들을 고쳐나갈 수 있기 때문입니다. 무엇을 통해서요? 토론과 경험을 통해서 말입니다. 밀은 토론을 아주 중요하게 여겨서 토론의 다양한 상황에 대해 다루고 있어요. 독설이나 인신공격하는 절제되지 못한 토론을 하게 되는 경우에는 공격적인 무기가 되기 때문에 사용하면 안 된다는 것까지 말하고 있거든요.

자유로운 토론이 허용되지 않으면 사람들은 어떤 의견에 대한 의미 자체를 모르게 되는 경우가 있기 때문에 자유롭게 서로의 생각을 나누어야 한다고 말해요. 그러면서 어떤 의견이든 자신과 반대되는 의견을 사심 없이 경청하고, 불리하거나 유리한 것들을 숨기지 않으면서 자신의 의견을 솔직히 밝히는 모든 사람에게 경의를 표해야 한다는 말로 마무리합니다. 아마 이런 생각들로 인해 밀이 개인주의자인 동시에 사회성을 중요하게 생각하는 학자란 평가를 듣는 거란 생각이 드네요.

3장은 다른 사람과 관련이 있어서 손해를 끼치는 일이 아니라 오직 자기 자신만의 일이라면 개인의 취향과 판단에 따라 자유롭게 표현해야 한다는 건데요. 인간은 완벽한 존재가 아니기 때문에 옳지 않은 판단을 하기도 하고 의견을 내놓기도 하죠. 하지만 이런 의견의 다양성은 인류 사회와 개인에게 해가 아니라 이득이라고 밀은 말합니다. 우리는 다른 사람에게 해가 되지 않는 한, 각자 다른 개성을 자유롭게 펼칠 수 있어야 한다고요. 그러면서 아주 인상적인 말을 남겨요. 인간은 정해진 모형에 따라 만들어진 기계가 아니라 내면의 힘으로 자신을 성장시키는 나무라고요. 정말 좋은 말이네요. 인간의 각자 다른 욕망과 감정의 다양성이 사회를 활력 있게 해준다고 말합니다. 그러면서 지나치게 금욕적인 칼뱅주의를 비판하죠.

4장에는 개인은 사회 속에서 자유롭게 살기 위해 규범을 지켜야 한다고 시작하는데요. 첫째, 서로의 이익을 해쳐서는 안 되겠죠. 둘째, 개인은 자신을 방어할 때나 희생할 때조차 모두 공평하게 자신의 몫을 수행해야 해요. 예를 들어, 내가 어떤 잘못을 했을 때 법적으로는 문제가 없지만, 사회의 여론을 통해서는 벌을 받을 수도 있다는 겁니다. 사회는 개인의 행동에 개입할 권한을 가질 수 있다는 거죠. 하지만 이런 경우 사회가 개인의 자유를 제한하는 것이 사회 전체의 이익에 부합하는가는 따져봐야겠죠.

또, 한 사회의 구성원이 다른 구성원에게 영향을 미치지 않는 것이 가능한가에 대한 반론을 펼치는데요. 밀은 우리는 조금씩 혹은 가끔 영향을 주고받으면서 살고 있다고 말해요. 하지만 중요한 건 자신에게 부과된 공적인 의무를 하지 않을 경우를 지적합니다. 다시 말해 사회적인 잘못을 저지른 경우에는 다른 구성원에게 피해를 줄 수 있고 그런 경우에는 사회가 개입해야 하겠죠. 그렇다고 예를 들어 그저 술에 취했다고 처벌할 수는 없죠. 밀은 어떤 개인이 잘못을 저질렀다고 하는 경우에도 인간의 자유는 더 큰 이익이기에 사회는 작은 불이익은 충분히 감수해야 한다고 주장해요. 그러면서 아주 중요한 것을 이야기해요. 사회는 사적인 행동에는 개입해서는 안 된다고 말합니다. 왜냐하면 사회가 그런 행동에 개입하기 시작하면 잘못된 방식으로 또는 이런저런 잘못들로 개인의 자유를 제한하게 될 가능성이 높기 때문이죠.

마지막 5장은 현실에서 일어나는 구체적인 문제들에 적용하는 내용이 들어있는데요. 먼저 상거래는 개인의 자유가 원칙입니다. 하지만 독약을 팔았을 경우에 독약은 사람을 죽이기도 하지만 용도에 따라서는 유용하게 사용될 수도 있기에 독약을 파는 것만으로 사회가 상거래의 자유를 제한할 수는 없다는 거죠. 하지만 무너지는 다리를 건너려는 사람이 있다면 공권력이 개입하여 개인의 자유를 제한할 수 있겠죠. 국가가 간접적으로 개입하는 경우도 있어요. 술의 세금을 높게 부과하여 사고 싶어도 못 사게 하는 거죠. 만약 어떤 사람이 자신을 노예로 팔아 개인의 자유를 포기하는 것도 개인의 자유일까요? 밀은 자유의 근거를 파괴하는 것이기 때문에 개인의 자유가 아니라고 했어요.

밀은 정부가 개입하여 개인의 자유를 해쳐서는 안 된다는 입장을 유지하는데요. 그 이유로 개인이 정부보다 제 일이기에 더 잘할 수 있고, 개인들에게 자기 능력을 계발하도록 하는 것이 더 바람직하다고 말합니다. 개인이 배심원으로 활동하거나 자치단체에 활동하도록 하면 시민으로서 역량을 훈련하게 되죠. 이렇게 개인을 공동체로 끌어들여 정치적 실천하게 하는 것도 개인의 자유를 기반으로 해야 한다고 말합니다. 무엇보다 정부가 개입하면 할수록 권력이 커져 좋지 않다는 걸 강조합니다. 밀은 개인의 자유에 맡겨 스스로 성장하도록 두어야 국민의 수준이 높아지고 결국 국가에 이익이 된다는 걸로 마무리합니다.

공리주의의 등장

18세기 계몽주의 이후 시민혁명의 영향으로 자유에 대한 관심은 높아졌죠. 그러다 보니 자유를 얻기 위해서는 민주적 정치 제도가 필요하다는 인식도 널리 퍼지게 됩니다. 이런 시대적 배경은 공리주의가 나오게 된 바탕이 되는데요. 공리주의는 정치 행위의 옳고 그름은 인간의 행복과 이익에 따라 결정된다는 철학 사상입니다. 공리주의 대표적인 사상가인 제러미 벤담은 '최대 다수의 최대 행복'이라는 말로 자유의 양적인 면을 강조했습니다. 사실 '최대 다수의 최대 행복'은 앞에서 살펴본 고대 그리스 철학자들이 이미 말했던 사상이죠. 21세기인 지금 왜 기원전에 쓰인 책을 읽어야 하는가는 이처럼 19세기 철학의 근원이 기원전 5세기와 이어져 있기 때문일 겁니다. 고대 그리스 철학자들이 활동했던 아테네 폴리스가 민주정치 사회였던 것처럼 자본주의가 발달한 19세기 또한 민주주의 정치에 대한 중요성이 높아지고 있었던 거죠. 공리주의는 결국 민주주의와 이어진 사상이라는 걸 알게 되죠.

그런가 하면 같은 공리주의자이지만 자유론의 저자 존 스튜어트 밀은 벤담과는 조금 다른 주장을 합니다. 밀은 '배부른 돼지보다 배고픈 소크라테스가 낫다.'는 유명한 말로 행복은 양보다 질이 중요하다고 강조했습니다. 두 가지 주장 중에 어떤 것이 더 중요한가는 꽤 민감한 문제입니다. 행복의 질이 조금 덜하더라도 최대한 많은 이들이 행복한 것이 더 낫지 않을까 싶기도 하고요. 그런가 하면 행복을 인간다움과 연결하면 얼마나 많은 사람이 행복한가보다 충분히 행복한지 또한 무시할 수 없습니다. 이런 고민은 21세기 복지국가에 이르러 더 중요한 이슈가 되었죠. 최대한 많은 이들에게 돌아가는 양질의 복지가 가장 좋으니까요.

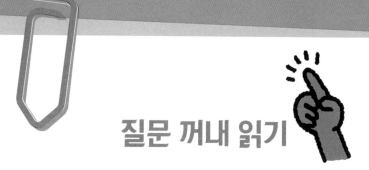

질문 꺼내 읽기

인간은 규율이나 규칙처럼 규제를 두지 않아도 사회에 해악을 끼치는 일은 하지 않을까요?

이 질문에 우리는 모두 입을 모아 전혀 아니다라고 대답할 겁니다. 인간에게 자유란 무한하게 허용된 것이 아니라는 걸 우리는 경험을 통해서 알고 있죠. 우리가 사회에서 살아가는 한 자유는 권리와 치환했다는 걸 사실 일상에서 항상 경험하고 있거든요. 자신의 집이 아닌 공공장소에만 가도 우리는 지켜야 할 규칙이 수두룩하죠. 요즘은 자신의 집이라 하더라도 공동주택일 경우에는 지켜야 하는 규범이 있습니다. 층간 소음이라든가 흡연은 이제 법으로 규제를 하기도 하죠. 세상이 복잡해질수록 규칙이나 규범은 늘어만 가는 듯 합니다. 아니 지켜야 할 것들은 단언컨대 더 늘어나고 있죠. 하지만 그만큼 자유도 늘어났을지는 생각해봐야 하겠네요. 늘어난 규범만큼 자유가 늘지 않았다는 사실은 인간에게 규범이 더 필요하다는 반증이기도 하죠. 사실 인간은 규제나 규범이 없으면, 다른 사람에게 도움이 되는 일보단 피해가 되는 일을 할

가능성이 높아요. 당장 보는 사람이 없는 외진 곳에서 우리는 어떻게 행동하는지 보여주는 몰래 카메라가 있다면 모두 인정하지 않을까요? 우리에겐 반드시 규범이 필요하다는 걸 말이에요.

06

표도르 도스트예프스키
죄와 벌

러시아 시대 상황

　　러시아는 약 8세기 무렵부터 러시아 지역에 노르만족이 터를 잡기 시작해 980년 블라디미르가 지금 우크라이나 지역인 키예프에 공국을 세웠습니다. 블라디미르는 그리스도교를 국교로 받아들이고 세력을 확장해 나갔는데요. 하지만 이후 몽골제국에 지배당하다 1276년에 이르러서야 지금 러시아의 수도인 모스크바 러시아로 발전하게 됩니다. 그러다 1721년 표드르 1세가 황제 칭호를 쓰면서 제정러시아가 시작되죠. 러시아는 서유럽에 비해 정치적으로나 경제적으로 발달이 늦었습니다. 유럽이 18세기 산업혁명 이후 농업 중심에서 상공업중심으로 변했지만, 러시아는 19세기 중반까지도 농업이 주된 산업이었어요.

　　'죄와 벌'은 러시아 대문호 도스프예프스키의 유명한 작품입니다. 1866년 출간된 죄와 벌은 19세기 복잡해진 사회 속에서 방황하는 인간의 심리를 담아낸 명작입니다. 도스트예프스키는 25살에 첫 소설을 발표하여 58세에 유명한 '까라마조프의 형제'들을 발표하기까지 전

생애를 거쳐 작품 활동을 한 러시아의 천재 작가예요. 그리고 러시아는 일찍이 사회주의 사상이 널리 퍼졌는데요. 1848년에 독일에서는 마르크스와 엥겔스가 발표한 공산당 선언은 러시아에도 영향을 주었습니다.

페트라프스키 사건

도스트예프스키도 젊은 날에는 사회주의에 심취해 1849년에 일어난 페트라세프스키 사건에 연루되어 시베리아에 유배되기도 했죠. 페트라세프스키 사건은 미하일 페트라프스키가 사회주의 사상을 연구하는 모임을 가져 벌을 받게 된 사건이었는데요. 당시 니콜라이 1세는 단지 서유럽의 유해 사상을 연구하는 모임을 했다는 이유로 무거운 형벌을 내렸죠. 도스프예프스키는 이 사건에 연루되어 시베리아로 끌려가 형을 살게 되는데요. 이때의 수형생활은 도스트예프스키에게 많은 영향을 주었고 시베리아에서 돌아온 이후 많은 작품을 발표했어요.

러시아 정교

러시아는 오랫동안 기독교 국가였는데요. 1054년 동·서 크리스트교 분열 당시 그리스 정교회에 속하게 되었는데, 동로마 제국의 영향 아래 있었기에 동방교회라고도 합니다. 이후 1543년 동로마 제국이 이슬람 세력으로 넘어간 이후 러시아 정교회가 되었어요. 20세기 초 사회주의 국가 성립 이후 종교적 탄압으로 러시아 정교회는 사라지는 듯했지만, 소련의 붕괴로 다시 이어지고 있죠. 죄와 벌이 출간된 19세기

제정러시아 시대는 기독교 사상이 사람들 사이에 이미 깊게 자리하고 있었어요. 죄와 벌은 소냐를 통해 기독교 사상을 보여주고 있습니다.

괴테의 '파우스트'를 비롯해 서양 사상의 바탕인 기독교는 그 당시 사람들이 살아가는 생활양식이자 사고방식이었습니다. 결국 죄와 벌 그리고 선과 악은 인간의 존재를 규정하는 가장 본질적인 것이었죠. 하지만 산업혁명과 더불어 과학혁명 이후 종교관에 대한 회의 또한 생기기 시작했습니다. 무엇이 진짜 죄인지 분별하기 어려울 정도로 세상은 다양하고 복잡해져 가고 있었던 겁니다. 이런 시대에 도스트예프스키의 '죄와 벌'은 고뇌하고 방황하는 19세기 인간을 잘 반영하고 있는 거죠.

로쟈는 누구인가?

　로쟈라는 이름은 주인공 로지온 로마느이치 라스콜리니프의 어머니가 아들을 사랑스럽게 부르는 애칭입니다. 러시아는 러시아식 긴 이름 대신 줄여서 애칭으로 부르는 문화가 있어요. 주인공 라스콜리니프는 대학에 논문을 발표했던 지식인이었지만 가난한 형편 때문에 누이동생 두냐가 사랑하지 않는 남자와 결혼한다는 사실에 괴로워하죠. 어느 날, 로쟈는 평소의 신념대로 전당포 노파 알료나를 살해하는데요. 여기서 짚고 넘어가야 하는 내용이 있습니다. 바로 로쟈의 살해 동기죠. 로쟈가 고리대금으로 다른 사람들의 피를 빨아먹는 노파를 죽인 건 정의를 실현하는 것이라는 신념 하에 벌어진 일이었습니다.

사상의 실현과 죄의식

　이런 로쟈의 신념은 예심판사 포르피리가 로쟈의 논문을 언급하면서 드러납니다. 로쟈는 논문에서 비범한 사람은 범죄를 행할 수 있고 법도 넘어설 수 있는 권리를 가진다고 주장했어요. 게다가 인류의 입법자와 지도자의 대부분이 살육을 자행했다는 것을 주장하며 새로운 일을 할 수 있는 능력이 있는 사람은 본성상 범죄자가 된다고 했죠. 그래서 포르피리 예심 판사는 노파 살인 사건은 사상의 실현에 의한 사건이라고 규정하죠. 로쟈는 포르피리의 말처럼 자신의 사상을 현실에서 실현했어요. 하지만 로쟈는 노파만이 아니라 죄 없는 노파의 여동생까지 죽이게 되죠. 로쟈는 살인하고 나서 노파에게 빼앗은 돈을 그냥 버립니다. 시간이 지날수록 로쟈는 신념의 실현보다는 범죄를 들킬까 봐 전전긍긍하며 죄책감에 시달리는 범죄자일 뿐이죠. 로쟈의 신념도 산산조각이 납니다. 사람을 죽인 죄의 무게는 로쟈가 생각했던 것보다 더 무거웠죠. '죄와 벌'은 자신의 죄가 드러날까 봐 두려워하는 로쟈의 심리 묘사가 정말 잘 표현되어 있어요.

그런가 하면 로쟈의 고뇌와 너무나 다른 소냐가 있죠. 소냐는 가족과의 생계를 위해 몸을 파는 여자입니다. 하지만 소냐는 순수하고 성스러운 사람입니다. 로쟈는 소냐를 통해 구원받고자 하죠. 로쟈는 자신의 죄를 교회가 아닌 소냐에게 털어놓습니다. 로쟈는 살인을 고백한 자신을 안아주는 소냐에게 사랑을 느끼죠. 소냐는 이런 로쟈를 사랑할 뿐 아니라 시베리아로 수형생활을 떠난 로쟈를 따라갑니다. 지극한 사랑을 보여주는 소냐를 통해 인간이 보여줄 수 있는 가장 아름다운 모습이 표현되죠. 소냐는 사람은 가장 천하고 낮은 곳에서 살아도, 가장 높고 밝은 영혼을 가질 수 있다는 걸 보여줘요.

로쟈는 지식인이라는 높은 지성 위에 있어도 어둡고 죄인이죠.

소냐는 어두운 로쟈의 세상에 들어온 한줄기 빛 같은 존재였어요. 로쟈는 어두운 현실에서도 신에 대한 믿음을 잃지 않는 순수함을 가지고 있어요. 로쟈는 그런 소냐에게 자신을 내려놓습니다. 그럼에도 소냐가 로쟈에게 성경을 읽어주지만 로쟈는 끝내 성경을 읽지 않아요. 사실 로쟈는 포르피리가 심문할 당시 신을 믿는지, 그리고 성경의 내용을 믿는지를 묻습니다. 로쟈는 믿는다고 대답하지만 거짓말이죠. 로쟈는 성경을 읽어주는 소냐에게 권력이 제일 중요하다며 소리쳐. 지식인인 로쟈는 종교도 권력이고, 돈도 권력이라는 걸 너무나 잘 알고 있었던 거죠. 하지만 로쟈의 지식은 죄책감이란 양심 앞에서는 아무 소용이 없었죠.

로쟈는 살인을 저지르는 순간부터 벌을 받기 시작했죠. 진짜 벌은 법적인 처벌보다 자신의 양심이 내리는 벌이 더 무서운 법이죠. 로쟈는 소냐에게 자신은 사람이 아닌 이(蝨)를 죽인 거라고 말하지만 이내 진실을 말합니다. 자신도 이(蝨)가 아닌 사람을 죽였다는 사실을 알고 얼마나 괴로운지 말이에요. 로쟈는 자신이 나폴레옹이 아니란 걸 깨닫게 되죠. 로쟈의 죄는 포르피리에게 이미 발각되었고 포르피리는 로쟈에게 자수를 권합니다. 로쟈는 자신의 비밀을 알고 있는 저급한 인간인 지주 스비드리가일로프의 권총 자살 소식을 듣고 경찰서에서 자백하죠. 로쟈는 자신이 경멸하는 인간이 자살을 했다는 말에 굉장한 충격을 받아요. 스비드리가일로프는 자기 죽음은 자신의 탓이라는 유언을 남겼는데 그게 로쟈의 양심을 결정적으로 흔들리게 한 거죠.

죄와 벌의 에필로그는 로쟈의 시베리아 수형생활이 담겨 있어요. 로쟈는 동료 죄수들이 삶을 사랑하고 소중히 여기는 모습을 보고 놀랍니다. 그리고 로쟈와 소냐는 시베리아에서 만나게 되죠. 로쟈에게는 아직 7년의 수형 기간이 남아 있었지만, 소냐가 옆에 있다는 것만으로도 행복을 느끼죠. 로쟈가 성경을 꺼내 읽으며 소설은 끝이 납니다. 도스트예프스키는 '죄와 벌'에 나오는 소냐를 통해 진정한 인간의 아름다움은 어디에서 나오는 것인가에 대한 근본적인 질문을 던지고 있어요. 인간의 아름다움은 돈이나 겉모습에서 나오는 것이 아니라 다른 사람을 위해 희생할 수 있는 정신에 있다고 보는 거죠.

죄와 벌은 이중적이고 가식적인 지식인의 고뇌와 심리를 깊이 있게 파고든 대작입니다. 원작 소설은 분량이 상당한데요. 이 긴 소설을 끌고 나가는 로쟈의 사상과 고뇌 그리고 당시 러시아의 시대 상황은 소설 안에 그대로 녹아있습니다. 죄와 벌은 변화된 세상 속에서 무엇이 옳은지 알 수 없게 된 지식인 로쟈의 범행과 고뇌를 통해 인간의 본질이 무엇이고 가장 가치 있는 것은 무엇인지를 깨닫게 해줍니다. 러시아 문학은 꽤 진지하고 순수한 특징이 있습니다. 러시아의 거친 환경이 사람들을 터프하게 만들었지만 그만큼 자연 그대로를 유지한 환경의 영향을 받았는지도 모르겠네요.

19세기 러시아 예술

19세기 러시아는 위대한 예술가들이 등장했던 시대입니다. '백조의 호수'의 작곡가 차이코프스키를 비롯해 톨스토이와 안톤 체홉까지 예술 문화 전반에 걸쳐 전성기를 맞이하게 됩니다. 특히, 도스트예프스키와 톨스토이는 리얼리즘 문학의 대가인데요. 19세기 사회변화를 작품에 많이 담아내고 있어 사실주의 또는 리얼리즘이라고 하죠. 리얼리즘은 현실을 작품에 그럴듯하게 담아내기에 현실과 닮아 있어요. 하지만 작품 속에 등장하는 주인공이 어딘가에 있을 법하지만 실제 있는 인물은 아니죠. 리얼리즘 문학이나 예술은 사람들에게 현실을 다시 해석하거나 반성하게 하는데요. 그런 점에서 죄와 벌이 리얼리즘 문학의 최고라 불리는 거고요.

러시아 문학은 19세기 말과 20세기로 들어서 소비에트 연방국이 된 이후에 문학은 침체기를 겪을 수밖에 없었는데요. 그런 반면 20세기에 들어서면서 유럽을 비롯한 자본주의 사회에서 문화예술은 근대를 상징하는 모더니즘으로 이어졌다가 20세기 중반 이후 포스트모더니즘으로 이어졌습니다. 1960년 이후에 시작된 포스트모더니즘은 기성 가치관의 해체를 주장하며, 개성과 자율성을 중시하고 대중성을 강조했는데요. 포스트모더니즘은 사회 각 분야에 다양한 영향을 끼치게 됩니다.

질문 꺼내 읽기

죄를 용서하는 주체는 누구일까?

시대가 지날수록 범죄의 질이 더 나빠졌다고 하죠. 그건 어쩌면 범죄가 세상에 드러났기 때문일지도 모릅니다. 이전의 세상은 범죄의 내용을 우리가 속속들이 알 수 없었으니까요. 지금 우리는 각종 미디어를 통해 범죄의 실상을 낱낱이 알게 되는 세상 속에 살고 있는데요. 그래서인지 사람들은 세상이 살기 힘들어졌고, 인간의 심리도 복잡해져서 상상하기 어려운 범죄를 저지른다고 생각하죠. 그런데 아이러니하게도 범죄는 더 잔혹해졌다고 하는데 사형제도의 실행은 사라지고 있죠. 연쇄살인범이나 아동 성폭행범을 비롯한 잔혹한 사이코패스의 범죄를 보면 과연 그들에게 삶을 연장해주는 것이 무슨 의미가 있을까 반문이 들기도 합니다. 반대로 그들이 살면서 죄값을 오래도록 치르게 하는 게 더 심한 벌이라고 말하는 이들도 있죠. 그런데 죄를 용서하는 주체는 과연 누구일까요? 흔히 종교적인 관점에서 말하는 신일까요? 아니면 죄는 미워하되 사람은 미워하지 말라는 말 때문일까요? 그들의 상황이 죄를 짓

게 만들었다는 말에 어느 정도 동의도 하게 되고요. 그렇다 하더라도 그들이 저지른 범죄의 피해자라면 신에게 용서를 맡길 수 있을까요? 그럼 범죄를 용서하는 이는 피해자일까요? 하지만 피해자가 아무리 용서를 해도 범죄자가 잘못을 뉘우치지 못하거나, 범죄자가 아무리 뉘우쳐도 피해자가 용서하지 않는다면 어떻게 되는 걸까요?

4부

이념과 분열의 시대

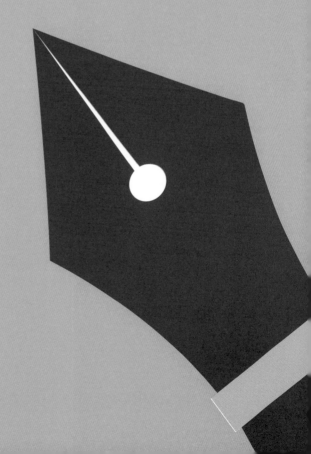

01

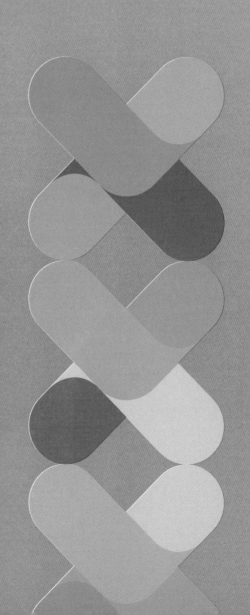

마르크스　자본론

시대 흐름 읽기

독일 경제학자 마르크스의 자본론은 여러모로 중요한 인문고전인데요. 이 책으로 시작된 사상으로 인해 세계는 두 개의 이념으로 나뉘게 되거든요. 19세기 후반부터 20세기 중반까지 세상을 지배했던 이념의 대립에 칼 마르크스의 자본론이 있습니다. 자본론은 경제학책인데요. 우리에게는 자본론으로 알려졌지만 원서 제목은 정치 경제학 비판입니다. 앞서 국부론의 원서 제목을 말하면서 18세기 당시 경제학은 정치를 포함한 정치 경제학이라고 말씀드렸잖아요. 그 정치 경제학을 비판하는 책이 바로 자본론입니다.

자본론은 1867년에 출간되었어요. 그럼 자본론이 한국에서 정식으로 출판된 것은 언제일까요? 무려 책이 나온 지 130년 후인 1989년입니다. 왜 그랬을까요? 네~맞아요. 이 책은 사회주의의 교과서로 알려져 있기 때문이죠. 그런데 이 자본론이 나오기 19년 전에 마르크스의 중요한 다른 책이 먼저 나왔는데요. 1848년 마르크스가 엥겔스와 함께 집필한 '공산당 선언'입니다. 특히, 공산당 선언에는 유명한 구절이 나오는데요.

───── "모든 지배계급을 공산주의 혁명 앞에 떨게 하라. 프롤레타리아가 잃을 것은 쇠사슬밖에 없으며 얻을 것은 온 세상이다. 전 세계 노동자여, 단결하라!"

　　　루소가 사회계약론에서 말한 쇠사슬 기억나시죠? 쇠사슬은 모든 지배받는 자들을 구속하는 억압의 상징입니다. 엥겔스와 마르크스는 자본가와 노동자 계급이 평등해지는 사회를 꿈꾸었습니다. 하지만 마르크스는 꿈을 이루지 못하고 1883년 사망하죠.

　　　마르크스 사망 후 34년이 지난 1917년, 러시아 혁명을 시작으로 세계 최초의 사회주의 국가인 소비에트 연방이 탄생합니다. 이후 1949년 중국이 중화인민공화국을 수립하면서 유럽과 아메리카를 중심으로 한 자본주의 국가와 소련과 중국을 중심으로 한 사회주의 국가로 나뉘어요. 하지만 1990년 이후 사회주의는 인간의 본성과 어긋난다는 걸 증명하면서 소련연방의 해체를 시작으로 사회주의는 역사의 흐름에서 스스로 도태되었습니다. 지금 건재하다고 자부하는 중국 사회주의는 정치적으로만 공산당 일당 독재체제를 유지하고 있을 뿐 경제체제는 이미 시장 자본주의를 택하고 있죠.

　　　여기서 우리는 인문학적인 질문을 하게 됩니다. 왜 인간은 서로 공평하게 나누는 것에는 만족하지 못하는 것일까요? 사회주의 국가의 경제적인 파탄은 인간이 왜 영토를 확장하고, 전쟁을 벌이고, 노예를 부리며 살아왔는지를 알게 해주는 일종의 리트머스이기도 합니다. 인간의 본성은 결코 아름답지 않습니다. 그러나 역설적으로 인간은 추한 동시에 아름답기도 합니다. 인간의 이런 양면적인 본성이 있기에 괴테의 파우스트나 셰익스피어의 비극에서 인간의 욕망을 다룬 문학이 힘을 발휘하게 되는 거고요. 인문고전이 사회 현상에 집중했다면 문학은 인간의 본성에 주목했어요. 역사의 수레바퀴를 굴리는 건 인간이기에 인간에게 집중한 인문학이 더 위대해 보이네요.

마르크스의 자본론이 나온 1867년에 세상은 마치 끓어오르기 직전의 용광로처럼 들끓고 있었습니다. 자본주의는 인간에 대한 기본 예의보다는 탐욕과 경쟁을 낳았고 거기서 비롯된 수많은 부작용이 확대되고 있었죠. 마르크스는 자본론에서 애덤 스미스가 국부론에서 놓친 임금과 이윤과 지대의 원천을 노동가치설과 연결했는데요. 마르크스는 인간의 노동만이 새로운 가치와 부를 만들어낸다고 주장했어요. 노동자들의 노동이 무엇보다 중요하다고 생각했던 거죠.

텍스트 포인트 읽기

    자본론은 읽기에 너무 어려운 책입니다. 번역서가 다 그렇다고 말하기엔 일단 분량이 방대하죠. 이걸 다 읽는 것도 중요하겠지만 자본론에서 다루는 핵심적인 내용만 알아도 마르크스와 자본론을 이해하게 될 겁니다. 자본론은 일단 3권으로 나누어져 있습니다. 1권은 1867년 마르크스가 유일하게 직접 출판한 책이에요. 이후 2권과 3권은 마르크스가 죽은 후 엥겔스가 유고를 정리해 2권은 1883년에, 3권은 1894년에 출판했어요. 여기서는 자본론에 나온 핵심적인 개념 위주로 살펴보도록 할게요.

상품에 대하여

    마르크스는 자본주의 사회에서는 노동으로 만들어진 상품 또는 상품의 가치가 경제를 이루는 기본단위라는 뜻으로 세포라고 표현했는데요. 마르크스는 상품의 가치를 결정하는 것은 상품을 생산하는 데 들어간 노동 시간이라고 규정합니다. 그런데 여기서 만들어진 상품은 다른 것과 교환하죠. 이때 교환을 하려면 그 상품의 가치를 매겨야 하겠죠. 이때 상품을 교환하게 하는 가치의 근거는 노동의 양 즉 노동시간입니다. 결국 상품의 가치는 노동시간으로 측정할 수 있다는 거죠.

화폐에 대하여

자본주의 경제는 화폐경제입니다. 이 말은 상품을 교환할 때 화폐로 한다는 건데요. 화폐는 일반적 등가물이기 때문에 모든 상품을 구매할 수 있어요. 그럼 일반적 등가물이 무엇일까요? 일반적 등가물은 모든 상품의 가치를 알 수 있도록 중개하는 특수한 상품입니다. 다시 말해 모든 상품의 가치를 매길 수 있는 매개체를 의미하고 화폐가 바로 일반적 등가물인 거죠. 왜냐하면 화폐는 모든 상품의 가격을 매길 수 있으니까요. 화폐는 사람들이 자신의 상품과 다른 사람의 상품을 교환하려면 쉽게 비교할 수 있는 기준이 필요했기 때문에 등장했거든요.

자본에 대하여

이제 자본으로 들어가는데요. 원제목과는 다른 자본론이라고 제목을 붙인 이유는 자본에 대한 내용이 중요하기 때문이겠죠? 마르크스는 화폐와 자본은 다르다고 했어요. 왜냐하면 자본이란 세상에서 유통된 화폐를 말하기 때문이죠. 그런데요, 자본은 세상에서 유통되기만 할까요? 여기가 중요합니다. 유통되는 과정에서 더 많은 돈을 벌고 싶어 하기 때문에 가치가 더 생깁니다. 이것이 바로 잉여가치라는 건데요. 자본은 세상에서 교환되고 유통되면서 잉여가치를 더해갑니다. 자본이 이렇게 움직이도록 하는 사람이 바로 자본가인 거죠.

자본의 유통과정

무엇보다 여기서 나오는 잉여가치는 반드시 알고 넘어가야 하는 개념인데요. 그전에 마르크스는 서문에서 이 책의 목적은 현대 자본주의의 경제 법칙을 발견하는 것이라고 했답니다. 단순하게 정리하면 자본의 운동 논리 다시 말해 자본이 유통과정에서 어떤 법칙으로 움직이는지를 밝혔다는 뜻이에요. 그만큼 자본의 유통과정이 중요합니다. 마르크스는 먼저 자본과 화폐는 유통 형태가 다르다고 했는데요. 자~ 천천히 살펴볼게요.

상품의 유통은 화폐로 교환되고 다시 상품이 되는 과정을 거쳐요. 다시 말하면 상품을 판매하면 화폐가 들어오고 그런 다음에는 다시 그 화폐로 다른 상품을 구매하게 됩니다. 아니면 반대로 화폐를 들고 상품을 사서 다시 판매하면 화폐가 들어오는 경우도 있죠. 여기서 중요한 건 화폐가 상품이 되고 다시 화폐가 되는 과정이 한 번만 일어나는 건 아니라는 겁니다. 이런 유통과정을 반복적으로 거치다 보면 어떻게 될까요? 결국 화폐와 화폐의 교환이 이루어지게 되고 이것이 화폐가 자본이 되는 과정입니다.

잉여가치율

　이때 처음 화폐는 유통과정이 더해지면서 나중에는 처음 화폐보다 많아지겠죠? 왜냐하면 유통되면서 중간에 계속 이윤이 더해지니까요. 여기서 생기는 이윤이 곧 잉여가치입니다. 이제 자본가는 무엇을 목표로 할까요? 당연히 잉여가치를 더 얻는 것을 다시 말해 이윤을 많이 남기는 것을 목표로 하게 되죠. 자본의 공식은 화폐에서 상품으로 그리고 잉여가치가 더해진 화폐로 운동하는 법칙을 말합니다. 여기에 잉여가치가 아주 중요한데요. 왜냐하면 상품을 만드는 노동자의 노동력은 자신의 가치를 넘어서는 잉여가치를 만들어내기 때문인데요.

　그렇기에 노동력은 잉여가치의 원천이고 자본가에게 노동자의 노동력 또한 자본인데요. 하지만 노동력은 고정되어 있지 않고 변하는 가변자본입니다. 이런 가변 자본이 잉여가치를 생산한 비율을 잉여 가치율이라 하는데요. 잉여가치율이 높다는 건 들어간 노동량이 그만큼 많다는 거를 뜻하기에 잉여가치율이 높으면 그만큼 노동력을 착취했다는 말이 됩니다. 19세기 당시 노동자들의 노동시간은 15시간이나 되었다고 하죠. 고대 사회 노예를 비롯해 중세 농부 그리고 19세기 임금 노동자들에 이르기까지 하층민들의 노동력은 심각하게 착취당해왔어요. 마르크스는 이런 노동자의 노동력 착취에 분노했기에 노동자 계급이여, 분노하며 저항하라고 소리 높였던 거죠.

자본의 축적

자본론에서 자본의 축적은 아주 중요해요. 마르크스는 자본이 처음 축적된 시초 축적부터 시작하는데요. 자본의 축적은 중세 봉건 영주들이 토지를 빼앗으면서 시작되었고 토지를 잃은 농민들은 노동력을 팔아야 하는 상황이 되죠. 이런 농민들을 고용해서 영주와 지주들은 양모를 생산하는 자본가가 되면서 자본이 축적되기 시작하죠. 그러다 기계식 공장이 들어서면서 자본가들은 싼 노동력으로 더 많은 자본을 축적하게 되어 대자본가가 됩니다. 자본은 생산 수단으로 들어간 불변 자본과 노동력에 들어간 가변자본으로 구성되는데 이 둘은 유기적으로 연결되어 있죠. 이쯤에서 생산 수단을 알아야 해요.

생산 수단

생산 수단이란 단순하게 생산의 과정에서 사용되는 수단을 말하는데 생산수단에는 노동 수단과 노동 대상이 포함됩니다. 무언가를 생산하려면 인간이 어떤 대상에게 노동하도록 하는 수단이 필요하다는 건데요. 예를 들면 차를 생산하려면 인간이 공장에서 기계에 노동을 가해 자동차라는 물건으로 변하게 하는 것을 말하는데요. 여기서 공장은 노동 수단이고, 자동차가 되기 전에 만들고 있는 사물은 노동 대상입니다. 전체적으로 정리하면 자본은 공장이나 기계 같은 불변 자본과 노동자들의 노동력이 들어간 가변 자본으로 구성된다는 거죠.

자본주의 사회의 문제

마르크스는 자본주의 사회는 자본가의 자본 축적에 대한 욕망으로 인해 생산에 들어가는 비용을 아끼려고 하여 노동자의 계급 갈등을 초래하고 빈부격차는 심해지는 여러 문제가 생겨 결국 붕괴할 거라고 했어요. 하지만 마르크스가 예상했던 것처럼 자본주의는 붕괴하지 않았어요. 그 대신 1929년 과잉생산과 실업자 증가로 인해 대공황을 맞이하며 자본주의의 문제점이 드러났을 뿐, 21세기인 지금까지도 건재하고 있죠. 어쩌면 인간은 마르크스가 생각한 것보다는 조금 더 타협할 수 있는 존재가 아닐까요?

20세기에 들어서자마자 1914년에 시작된 세계 1차 대전은 세상을 피로 물들게 하죠. 20세기에 들어서 시작된 제국주의는 우리나라를 비롯한 많은 나라들을 식민지로 몰아넣었고 전쟁의 소용돌이로 몰아넣었습니다. 누군가는 지금이 인류 역사상 가장 평화로운 시대라고 할 정도죠. 인류는 마치 걸음을 배우는 아이처럼 직접 부딪치고 다치면서 겪어왔습니다.

19세기 후반 마르크스가 쏘아 올린 사회주의의 불꽃은 세계 속으로 퍼져나가 터를 잡습니다. 하지만 자본론이 나온 지 100년 이후부터 세계 사회주의 국가들은 하나둘 사라지기 시작하죠. 1989년 소련의 고르바초프는 사회주의를 그만두는 페레스트로이카 즉 개혁을 추진하여 공산당을 해체합니다. 곧이어 1990년에는 동독이 사라지고 많은 러시아 연방 국가들이 독립하며 사회주의를 벗어던집니다.

21세기 자본론을 쓴 토마 피케티의 말처럼 자본주의 세상은 여전히 완벽하지 않고 엄청나게 불합리합니다. 그럼에도 여전히 존재하는 이유는 무엇일까요? 21세기의 금융자본주의는 부의 세습화로 인해 심각한 불평등을 만들어냈습니다. 마치 중세 프랑스처럼 부자와 가난한 자의 격차는 어마어마하죠. 그럼 21세기 프랑스 혁명이라도 생기는 걸까요? 그런데 그럴 거라고 예측하는 학자들은 없어 보이네요.

마르크스가 평등한 사회가 될 거라고 주장했던 사회주의의 단점은 나라가 가난해지는 거였는데요. 마르크스의 자본론이나 공산당 선언에는 평등한 사회가 되면 가난해진다는 예측은 없었는데 말이죠. 결국 사회주의는 인간의 본성에 어울리지 않는 경제체제란 것이 드러난 거죠. 인간의 본성은 기본적으로 탐욕적이고 타인과 협력하기보다는 우위에 올라서기를 원한다는 겁니다. 모두 다 그런 건 아니지만 이런 본성을 사회적인 교육으로 억누르고 있을 뿐 대부분의 인간은 사실 이런 본성에 충실하죠.

그래서일까요? 자본주의는 양극화와 수많은 단점에도 불구하고 지구상에서 여전히 존재하고 군림합니다. 더 이상 자본주의가 나쁘다고 말할 수 없죠. 이제는 우리 내면에 존재하는 괴물의 실체를 받아들이고 인정하는 분위기입니다. 그리고 그 괴물을 잘 길들이고 교육해 덜 경쟁적이고 덜 탐욕적이게 다루는 것만이 서로 행복할 수 있는 길이라는 것도 알고 있죠. 그래서 소크라테스나 아리스토텔레스가 말하는 정치의 목적이 인간의 행복이라는 대목으로 돌아가게 되죠. 사실 우리는 모두 행복하기 위해 경쟁하고, 소유하고, 뿌듯해하니까요.

질문 꺼내 읽기

자본주의는 인간에게 가장 적합한 제도일까요?

'21세기 자본론'을 쓴 토마 피케티는 지금의 자본주의 사회는 임금이 아니라 자산의 격차 때문에 문제가 생긴다고 말했죠. 그만큼 불평등의 격차는 신분제 사회와 비슷한 정도로 벌어졌고요. 하지만 일반인들은 신분제 사회만큼은 분노하지 않는 것 같죠. 왜일까요? 어찌 됐든 기회는 열려있다고 교육받아 왔기 때문이죠. 기회의 구멍이 비록 아주 작더라도 말입니다. 그래서 알랭드 보통은 저서 '불안'에서 현대의 가난한 자들은 신분제 사회에서는 없던 능력 부족에 대한 좌절감을 겪으며 불안을 느낀다고 말했죠. 시장 자본주의는 기회의 자유라는 명분아래 불평등을 합리화시키고 있지만, 불평등을 가속화 시키는 자산의 격차에 대해선 해결하려고 하지 않아요. 그래서 금융자본주의로 들어선 이상 부의 양극화는 해결되기 어려울 거라는 비관적인 전망이 나오죠. 그렇다면 자본주의는 과연 인간에게 적합한 제도일까요? 많은 부작용을 보여주고 있음에도 자본주의는 인간의 본성에 가장 맞는 시스템일 가능성이 높습니다. 역사가 이미 증명했듯 세계 여러 나라에서 자본주의를 채택한 것만 봐도 알 수 있죠. 하지만 분명 수정은 필요하다는 게 주된 의견인 것 또한 사실이죠. 미래를 예측하기란 정말 어려운 일이지만, 정보 통신 기술과 인공지능 기술의 발달은 분명 다른 세상을 만들게 분명하고, 그럼 시스템에도 변화가 생길 확률이 높겠죠. 미래의 자본주의는 과연 어떤 모습일까요?

02

막심 고리끼
어머니

시대 흐름 읽기

　　20세기가 막 시작된 1906년 발표된 러시아 작가 막심 고리끼의 '어머니'는 여러모로 살펴볼 게 많은 작품이에요. 분량이 상당하지만 읽기에 어려운 작품은 아니에요. 고리끼의 '어머니'는 러시아 혁명을 둘러싼 러시아 노동자들의 이야기입니다. 러시아는 유럽이긴 하지만 가장 늦게까지 농노제와 전제정치를 유지한 나라입니다. 유럽의 다른 나라에 비해 자유와 정치 상황의 변화가 늦었던 나라였던 만큼 근대에 이르러 급격한 변화를 겪는 나라이기도 하죠. 1861년 러시아 알렉산드르 2세는 농노 해방을 선포합니다. 알렉산드르 2세는 1854년에 벌인 크림전쟁에서의 패배가 농노제가 바탕인 국가 경제체제 때문에 산업발달이 늦었다고 생각했거든요.

　　당시 러시아는 귀족을 제외한 대부분의 농민이 지주에게 예속된 노예처럼 살고 있었기 때문에 농노라 했어요. 그런데 농노해방령 당시 농노들은 자유를 얻었지만, 토지는 여전히 지주의 것이었어요. 거기에 더해 농노들에게 돌아간 토지는 절반으로 줄었거든요. 그럼 어떻게 되었을까요? 소작농이 되거나 아니면 임금노동자가 될 수밖에 없었던 거죠. 많은 농노가 도시로 가서 공장의 임금노동자가 되어야 했고, 덕분에 러시아의 자본주의는 늦은 대신 발달 속도가 빨랐어요. 물론 빠른 만큼 부작용도 컸죠.

　　노동자들은 농부에서 공장일꾼으로 하는 일이 바뀐 것뿐 살아가기 팍팍하고 노예와 같은 삶은 달라질 게 없었죠. 결국 러시아의 노동자들은 분개하며 일어납니다. 1897년 러시아 노동자들이 힘을 모아 결국 사회민주노동당을 창설하게 됩니다. 이후 1904년에 1차 러시아 혁명이 일어나죠. 막심 고리끼의 어머니는 '피의 일요일'이라 불리는 사건을 모티브로 하고 있습니다. 피의 일요일이란 1905년 상트페테르부르크에 20만 명이 넘는 노동자가 모여 러시아 황제에게 향하던 중 무자비한 총탄으로 많은 사람이 희생된 날입니다. 결국 1차 세계 대전 중인 1917년 2월 혁명이 일어나 제정러시아는 니콜라이 2세로 끝이 납니다. 그런데 2월 혁명은 사회주의 혁명이 아니에요. 2월 혁명은 노동자와 소비에트와 국회가 임시정부를 만들었던 말하자면 시민혁명입니다. 하지만 바로 그해 10월에 일어난 레닌을 중심으로 한 소비에트 주도의 혁명으로 러시아에 사회주의 정권이 들어서게 됩니다.

　　고리끼의 어머니는 러시아 민초들의 삶을 조명하며 새로운 세상을 향한 의지를 보여주는 감동적인 작품입니다. 또 작가 고리끼의 아름다운 문체와 사실적인 묘사로 문학적인 매력을 더해주는 작품이기도 합니다. 특히, 이 작품을 읽으면서 떠오르는 인물이 있습니다. 바로 우리나라 노동운동에 헌신한 전태일 열사와 어머니 이소선 여사입니다. 어쩌면 전태일 열사와 그 어머니의 삶이 그대로 투영되었을까 싶을 정도로 연결이 되는 작품입니다.

텍스트 포인트 읽기

　　소설은 주인공 빠벨이 열쇠공 미하일 블라소프라는 이름의 가난한 노동자의 아들로 자라면서 그냥 노동자 촌의 평범한 청년들처럼 무식한 아버지를 그대로 닮아가는 모습에서 시작됩니다. 어머니에 대한 존중도 모르고 그저 일하고 술 먹고 시간을 흘려보내는 못 배운 노동자들과 다를 바 없었어요. 그러던 어느 날 빠벨은 점점 달라집니다. 어머니에게 대하는 태도 또한 다른 젊은이들과는 다르죠. 어머니는 알아챕니다. 아들이 이전과는 다르다는 것을 말입니다. 아들은 어머니에게 어떤 공부를 하고 있고, 앞으로 어떤 삶을 살아갈 것인지를 말합니다. 어머니는 그런 아들이 무척 자랑스럽지만 한없이 걱정되기도 합니다. 노동자 운동을 함께 하는 사람들의 모습과 태도를 통해 그 당시 러시아에서 일어난 노동자 운동이 얼마나 진지하고 치열했는지를 보여줍니다. 그들의 평등에 대한 순수한 열망에 경외심마저 느껴지는 감동이 밀려오기도 합니다.

　　빠벨은 좋아하는 나타샤의 마음을 모른 척할 만큼 새로운 세상에 대한 일종의 의무감과 책임감이 대단한 혁명가의 기질을 가진 청년입니다. 이런 빠벨을 지켜보던 어머니는 사느라 잊어버린 글을 다시 배우며 아들의 길을 함께 걸어가죠. 빠벨은 피의 일요일이라 부르는 혁명에 앞장서며 결국 감옥에 갇히고 시베리아로 수형생활을 떠나게 됩니다. 그저 무식한 농부의 그저 그런 아내였던 닐로브나는 아들로 인해 열사의 어머니로 다시 태어납니다. 아들을 안위를 걱정하던 어머니는 아들과 같은 열사가 되어 노동자 해방운동에 참여하게 됩니다. 마치 전태일 열사의 어머니처럼 말이죠.

사실 빠벨과 어머니 닐로브나는 볼세비키 노동자와 어머니를 모델로 한 작품이에요. 소설에 나오는 빠벨과 어머니처럼 러시아 혁명을 건너온 사람들이 실제로 있었던 거죠. 이렇게 고리끼의 소설은 현실을 그대로 반영하는 리얼리즘을 따르고 있는데요. 특히, 고리끼의 작품은 사회주의 리얼리즘이라고 하는데, 고리끼의 '어머니'처럼 사회주의 체제의 사상을 바탕으로 사회를 그려낸 작품을 말합니다. 하지만 고리끼의 소설만큼은 예술성이 높은 작품이기 때문에 세계 많은 사람에게 사랑받았던 거겠죠. 게다가 문장 표현이 탁월하여 읽는 재미를 느끼게 해주는 소설입니다.

두 모자의 삶을 통해 러시아 노동자들이 이루어낸 혁명의 가치를 다시 생각하게 합니다. 물론 러시아는 1922년 소비에트 사회주의 연방 공화국을 수립한 지 89년이 지난 1990년 사회주의 체제를 버립니다. 하지만 19세기 세계를 흐르던 사회주의 사상은 고통받는 노동자들의 염원이 만들어낸 역사라는 건 기억해야 해요. 사회주의를 버리고 자본주의 국가가 되지만 시대가 요구하는 역사의 순간에 온 몸을 바쳐 진실했던 사람들의 이야기는 감동을 주기에 충분합니다.

역사는 억지로 굴러가는 게 아닙니다. 러시아가 소비에트 연방 소련이 되었다가 다시 러시아로 돌아오기까지 역사의 수레바퀴는 시간이 돌리는 방향에 맞춰서 돌아갔던 겁니다. 인문학은 역사의 수레바퀴 속에서 함께 맞추어 돌아가는 바퀴의 한 축입니다. 그래서 인문학은 이런 역사의 흐름 속에서 앞뒤로 살펴봐야 진짜 재미있고 매력을 느낄 수 있답니다.

사회주의의 퇴장

1922년에 수립한 소비에트 연방 공화국을 이끌었던 레닌은 이오시프 스탈린을 초대 서기장에 오르게 했지만 나중에는 후회했다고 해요. 스탈린이 잔혹한 면이 있다는 걸 늦게 알았기 때문입니다. 스탈린은 정권을 잡은 뒤 독재정치를 이어갔습니다. 반대 세력을 숙청하고 지나치게 가혹하게 노동자들을 혹사했습니다. 스탈린은 소련의 군사력은 높였지만 다른 경제나 정치적으로는 많은 사람의 반감을 샀습니다. 사회주의 최강이었던 소련은 스탈린 이후 30년 만에 무너지고 맙니다. 평등과 노동자들의 세상을 꿈꾸었던 마르크시즘은 인간의 권력에 대한 욕망 앞에서는 그저 이상일 뿐이었던 거죠.

20세기 사회주의 국가 하에서의 러시아 문학은 침체기로 들어섭니다. 획일적인 사회주의 국가에서 새로운 문학의 탄생은 억압되었죠. 러시아 대문호들이 활동하던 시기는 역사의 격동기라는 걸 생각하면 문학은 평화보다는 갈등의 시대에 더 꽃을 피우나 봅니다. 사회주의 국가였던 소련은 미국을 비롯한 자본주의 국가와의 냉전체제가 유지되면서 교류가 사라지게 되죠. 우리나라는 소련과 우방국이 아니었기에 이후 우리나라에 소개된 러시아 문학이나 작가는 별로 없는데요. 하지만 1953년 스탈린이 사망하자 문학에도 해빙기가 찾아옵니다. 보리스 파스테르나크의 '닥터 지바고'는 아주 유명하지만, 소련 내에서는 출판이 금지되었던 작가였는데요. 그의 작품 세계는 사회주의 사상과는 많이 달랐기 때문에 비판받았어요. 그 당시 소련 사회에서 환영받는 작가는 사회주의 관점에서 표현해야 하는 사회주의 리얼리즘 작가 막심 고리끼였죠.

인류에게 영향을 주었던 어떤 사상이나 국가 체제는 역사가 흐르는 과정에서 시대적 상황과 발맞추며 등장해왔어요. 그렇기 때문에 산업혁명 이후 등장한 자본주의 경제 시스템에서 필연적으로 자본가와 노동자와의 갈등이 생길 수밖에 없었고, 이런 시대의 흐름에서 사회주의의 등장은 자연스러운 현상이었던 거죠. 산업 혁명도 그동안 축적되어온 지식과 기술의 발달로 인해 결국엔 등장할 수밖에 없었죠. 이렇게 인문학은 시대를 반영하고 있으니 세계 역사의 흐름과 함께 파악해야 쉽게 이해할 수 있어요.

질문 꺼내 읽기

세상을 바꾸기 위해 헌신한 사람들을 대하는 대중의 태도는 어떠해야 할까요?

스웨덴 환경운동가 그레타 툰베리의 장애를 두고 공격하거나, 사회운동에 앞장서는 사람들을 경제활동을 하지 않고 정부 보조금과 후원으로 살아간다고 비판을 하는 이들도 있습니다. 하지만 세상에 존재하는 많은 문제들을 그냥 바라만 보고 행동하지 않았어도 지금보다 더 나아졌을까요? 우리는 행동하는 이들에게 마땅히 지지를 보내야 합니다. 왜냐하면 아무리 법치주의 국가라도 사각지대는 존재하고, 우리가 놓치는 작은 구멍들이 언젠가 큰 위험으로 다가올 수 있기 때문이죠. 그들이 하는 일들이 우리가 귀찮아하는 일들을 돌보고 있다고 생각하는 게 더 낫습니다. 사실 세상에 해를 끼치는 일을 모른 척 하는 것보다, 세상에 좋은 영향을 가져오려는 일을 모른 척 하는 게 더 나쁠 수도 있다는 거죠. 권력에 편승한 기업가들은 그냥 모른 척 하면서 사회 운동하는 이들을 비난하는 건 아니지 않나요? 게다가 다양한 디지털 매체에서 쏟아지는 편향된 정보들로 인해 올바른 판단을 하기 어려워지고 있죠. 가짜 뉴스를 분별하기란 상당히 어려운데요. 그 이유 중 하나는 우리 뇌가 가진 한계 때문입니다. 우리 뇌는 반복된 정보를 진짜라고 믿는 바보거든요. 인간이 어떻게 세뇌를 당할까 싶지만 실제로 인간의 뇌는 세뇌에 취약하죠. 우리는 생각보다 더 나약한 존재라는 걸 아는 것만으로도 방어력이 생기지 않을까요?

03

마크 트웨인
허클베리 핀의 모험

시대 흐름 읽기

허클베리 핀은 미국 유명한 소설가 마크 트웨인의 작품으로 1885년에 출간되었습니다. 이 작품은 1876년 출간된 '톰 소여의 모험'의 속편으로 나온 소설입니다. 속편이지만 전작과 달리 허클베리 핀이 주인공이고 작품성으로도 전작보다 훨씬 좋은 평가를 받고 있어요. 왜냐하면 19세기 후반 미국 남부의 사회상을 잘 보여주고 있기 때문입니다. 1777년 미합중국이 성립되고 약 80년 후인 1861년부터 미국은 남북전쟁을 시작했습니다. 1863년 한창 남북전쟁을 치르던 중 링컨 대통령이 흑인 노예해방을 선포하죠. 하지만 남부지역이었던 텍사스는 그 소식을 몰랐기에 여전히 노예들이 있었어요. 이후 남북전쟁이 끝난 1865년 텍사스에 들어온 장군으로 인해 마지막 노예가 해방되어 진정한 노예해방이 이루어졌습니다. 같은 해에 링컨 대통령은 저격당하여 숨져요. 노예제 폐지에 대한 남부의 반감이 그만큼 대단했던 거죠.

작품의 공간적 배경이 되는 미시시피는 미국 중부를 세로로 가르는 강입니다. 북쪽 미네소타주에서 남쪽 미시시피주까지 흐르는 강이죠. 미시시피주를 포함한 미국 남부는 전통적으로 농업인 목화와 담배가 주요 산업이었습니다. 그래서 노동력이 많이 필요한 남부로 대부분의 노예가 팔려 갔죠. 북부는 상대적으로 농업이 아닌 중공업이 주요 산업이었고 노예 수요가 없는 지역이었고요. 미국은 남북 전쟁 이후 비약적인 경제 발전을 이루어요. 록펠러의 석유 산업과 카네기의 철강 산업은 미국의 부를 키워가게 되고 세계에서 가장 부자이자 강한 나라가 됩니다.

20세기에 들어서 미국은 1903년 라이트 형제가 비행기를 발명하고 포드가 자동차 회사를 만듭니다. 미국은 이제 세계를 날아다닐 준비가 되어 있었죠. 1914년 발생한 세계 1차 대전에서는 중립을 선언하지만 2차 세계 대전에서는 일본이 하와이의 진주만을 공격하자 전쟁에 참여하게 됩니다. 결국 일본 히로시마에 핵무기를 떨어뜨리고 독일의 히틀러가 자살하면서 세계 전쟁을 끝내게 되죠.

미국은 지금도 여전히 세계 최강의 나라죠. 하지만 미국은 노예해방이 이루어진 지 156년이 지났어도 흑백 갈등은 여전히 남아있는 나라이기도 합니다. 뿌리 깊은 흑인 차별은 아무리 시간이 지나도 사라지지 않고 오히려 계층 간의 갈등까지 더해져 커지고 있죠. 유럽과 달리 흑인 폭동이 일어나고 여전히 하층민의 대부분은 흑인들입니다. 이런 구조적인 문제가 생긴 가장 근본적인 이유는 미국이 아프리카 노예를 많이 수입했기 때문이죠. 미국 내에 있는 많은 아프리카 흑인들은 노예 해방이 되었어도 자신들의 고향으로 돌아가지 않았어요. 이미 많은 시간이 흐르기도 했지만, 발전이 더딘 아프리카로 돌아가는 것보다 미국에서 사는 게 더 나은 선택이었죠.

허클베리 핀에 나오는 짐을 통해 당시 미국 흑인 노예들의 현실을 그대로 보여줍니다. 허클베리 핀이 가지는 인문학적 의미는 미국 사회 계층의 단면을 보여 준다는 점입니다. 톰 소여는 미국 사회에서 좋은 집안에서 자란 도련님이고 허클베리 핀은 미국의 하층민이거든요. 허클베리 핀은 흑인 노예 짐과 미국의 하층민 허클베리 핀이 함께 도망을 갈 수밖에 없는 미국 사회를 위트로 담아낸 명작이라 평가받고 있죠.

텍스트 포인트 읽기

    허클베리 핀은 전작인 톰 소여와의 모험에서 얻은 금화를 6천 달러를 새처 판사에게 맡기고 더글라스 과부댁에서 살고 있어요. 학교도 다니고 예의도 배우지만 정말 적성에 맞지 않는다고 느끼지만 그래도 가정의 안락함도 알게 되었죠. 하지만 허클베리는 아버지가 1년 넘게 보이지 않았지만 다시 나타날까봐 늘 불안해해요. 아빠가 와서 자기를 때리고 힘들게 살아야 할까 봐요. 하지만 결국 아버지가 돌아와 허클베리가 얻은 금화를 노리고 예전에 살던 허름한 집으로 다시 데리고 와서 술을 먹고 때리죠. 허클베리는 결국 아버지를 피해 뗏목을 타고 잭슨 섬으로 도망을 가는데요. 그런데 그곳에서 미스 왓슨의 노예 짐을 만나게 됩니다. 짐은 미스 왓슨이 자신을 팔기로 했다는 말을 듣고 도망을 친 거였죠. 이렇게 미국 사회의 밑바닥에 있는 두 도망자의 모험 이야기가 펼쳐집니다.

    여기서 재미있는 건 바로 흑인 노예 짐의 말투입니다. 마크 트웨인은 미국 남부 지방 사투리를 잘 표현했다고 알려져 있어요. 한국어 번역본에 나오는 짐의 대사는 모두 전라도나 충청도 사투리로 번역되어 있어서 읽다 보면 저절로 웃음이 납니다. 짐의 사투리는 흑인 노예의 역사를 보여주는데요. 아프리카에서 졸지에 끌려온 흑인들은 미국의 언어인 영어를 익혀야 했는데요. 그래서 최초의 흑인 노예들은 문법이 간략한 피진어를 사용했어요. 이런 문법이나 어법상의 특징이 그대로 흑인들 사이에 전해졌고 흑인들만의 독특한 영어가 생겨났죠.

　　짐의 사투리는 흑인 노예 특유의 교육받지 못한 티가 나고 그래서 약간 둔해 보이는 인상을 주죠. 재미있는 건 소설 속에서 짐은 굉장한 미신 신봉자입니다. 자기 가슴 털 모양이 행운을 가져다줄 거라는 등 온갖 미신적인 생활 방식을 가지고 있어요. 소설은 당시 흑인 노예들의 삶을 짐을 통해 보여주는 동시에 흑인 노예에 대한 낮은 인식도 거침없이 드러내는데요. 소설 속에는 '검둥이'라 부르는 대사가 많거든요. 미국 사회 하층민인 허클베리조차 짐을 동정하긴 하지만 친구라고 대놓고 인정하기는 어려워하는 흑인 노예와 백인이라는 어마어마한 벽이 존재하죠.

　　허클베리가 만난 희대의 사기꾼 왕과 공작이 짐을 농장에 팔아 버리고, 이를 알게 된 허클베리는 톰 소여를 만나 함께 짐을 구할 계획을 세웁니다. 하지만 그 과정에서 톰이 종아리에 총상을 입게 돼요. 톰이 짐을 위해 위험을 불사하고 다치기까지 했지만 사실 여기엔 반전이 숨어 있었죠. 흑인 노예 짐은 미스 왓슨이 죽기 전에 이미 노예에서 풀어주었거든요. 톰은 이 사실을 알면서도 굳이 모험했던 거예요. 이제야 허클베리 핀은 좋은 집안에서 자란 톰이 왜 검둥이를 자유롭게 만드는 일을 도왔는지 알게 되죠. 여기서도 톰과 허클베리의 차이가 느껴지죠. 톰은 영웅심리였지만 허클베리는 짐의 처지에 동정심을 느꼈던 거죠.

왜냐하면 허클베리 또한 미국 사회에서 대접받지 못하는 하층민이었으
니까요.

미국은 이민국의 나라임을 내세웠고 사실 그러했죠. 유럽뿐만
아니라 아시아, 남아메리카 등등 세계 곳곳에서 들어온 이민자들의 다
양한 문화를 수용하고 받아들여 기회의 땅이 되었죠. 그럼에도 미국의
주류는 있습니다. 바로 영국에서 처음 이민자로 발을 들인 개신교들에
의해 만들어진 사회가 주류가 되었어요. 그들은 영국에 뿌리를 둔 유럽
백인들이었고 미국의 주류사회가 된 건 당연한 거죠. 기회의 땅이지만
미국 이민자들이 주류가 되는 건 일부에 국한된 것이고 지금도 여전히
계층 사다리는 가파릅니다.

19세기 미국 문학의 중심에는 1852년에 나온 해리엇 비처 스토
부인의 '엉클 톰스 캐빈'이 있는데요. 스토 부인은 '흑인의 어머니'라 불
릴 정도로 노예 제도에 대한 반대에 힘을 쏟은 분이에요. 그 후 19세기
후반에는 마크 트웨인을 비롯해 토속적인 사실주의 작가들이 등장합니
다. 20세기로 들어서면서 사회문제에 대한 소설들이 등장하는데 존 스
타인백의 분노의 포도가 유명하죠. 20세기 중반을 넘어서면서 다양한
작품들이 많이 나옵니다. 제롬 데이비드 샐린저의 '호밀밭의 파수꾼'을
비롯해 흑인 작가들도 등장하기 시작하죠. '뿌리'의 작가 알렉스 헤일리
와 최초의 흑인 여성 작가인 앨리스 워커의 '컬러 피플'은 흑인들의 현
실을 보여준 명작이죠.

무엇보다 미국 사회에서 주류에 해당하는 유일한 이민족은 유
대인입니다. 유대인들은 19세기 후반 유럽에 퍼진 반유대주의를 피해
대규모로 미국에 건너오는데요. 특히, 20세기 중반 2차 세계 대전 당시

나치 대학살 이후 유대인들은 미국으로 몰려들었죠. 초기 유대인들은 힘든 이민 생활을 시작했지만, 특유의 교육열과 사업 수단으로 미국의 주류로 올라섭니다. 지금 미국 재벌 대부분이 유대인일 정도로 유대인의 위상은 대단하죠. 하지만 미국은 유대인은 주류로 받아들였지만, 여전히 백인과 흑인 간의 인종 갈등 문제는 해결하지 못하고 있어요. 21세기가 되어서도 흑인 차별을 포함한 인종 차별은 심해지고 있는 양상을 보이고 있죠. 역사는 반복된다는 말이 무겁게 다가옵니다.

질문 꺼내 읽기

거의 모든 국가에서 인종 갈등은 존재하는데요. 인간 은 왜 자신과 다른 존재에 대해 경계하는 것일까요?

인간의 유전자코드에는 생존 본능이 들어있다고 하죠. 인간은 자신이 살아남기 위해서는 무슨 일이든 합니다. 심지어 자신을 희생하 는 순간에도 그런 행위가 자기 자신에게도 도움이 된다고 생각하죠. 리 처드 도킨스가 저서 '이기적 유전자'에서 말한 것처럼 우리 유전자는 오 직 생존을 위해 진화했거든요. 우리가 다른 존재를 경계하는 건 생물학 유전자 코드에 새겨져 있는 본능일 뿐인 거죠. 우리 자신을 지나치게 높 게 평가하지 않고, 있는 그대로의 사실을 받아들이는 건 의외로 중요한 데요. 우리의 생물학적인 경계심을 인정할 때 비로소 문제를 해결할 방 법도 나오게 되죠. 인종 갈등 또한 생존에 더 유리하게 하려는 본능이 작용하기 때문이거든요. 하지만 우리는 사자보다는 벌에 가까운 종이 기에, 모여 사는 게 더 유리한 생존 조건이죠. 그러니 이제는 인종을 넘 어 서로 협력하는 게 생존에 유리하다는 걸 깨달아야 해요. 그런 극단적인 예가 바로 영화에서 많이 쓰는 외계인 침공이죠. 외계인이 침공하면 우리는 인종을 떠나 힘을 합칩니다. 우리의 생존을 위해서 말이죠. 물론 지금의 인종 갈등은 생존보다는 파이를 나누기 싫어서가 더 맞긴 하죠. 그럼에도 기본 전제를 바꾸면 근거 또한 바뀌어야 하듯, 생존 조건을 '함께'로 바꾼다면 세상은 달라지지 않을까요?

5부

실존의 시대

01

파우스트
괴테

시대 흐름 읽기

독일의 대문호 요한 볼프강 폰 괴테의 '파우스트'는 1831년에 출판되었어요. 파우스트는 읽기에 흥미롭거나 술술 읽히는 책은 아니에요. 특히, 원작은 희곡형식으로 되어 있어서 읽기 부담스럽죠. 사실 셰익스피어 작품도 희곡이고 대사가 과장된 문어체라 익숙하지 않거든요. 다행히 '파우스트'는 소설 형식으로 출판된 것이 많으니 마음에 드는 걸 골라 읽으시면 됩니다. 그런데 파우스트는 특히 2부에는 신화와 공상과학 등 여러 이야기가 섞여 있어서 약간 당황스러울 수도 있어요. 그럼에도 파우스트를 읽어야 하는 고전문학으로 꼽는 데 주저하지 않는 이유는 바로 인간의 욕망에 대한 이야기이기 때문입니다. 인간의 욕망은 마치 기계를 돌리는 에너지원처럼 세상을 돌아가게 하죠. 하지만 세상의 발전에 꼭 필요한 만큼 어두운 이면을 가지고 있죠. 마치 선과 악처럼 말이에요.

욕망은 잘 사용하면 세상에 도움이 되지만 어느 순간 정도를 넘어서면 세상을 파멸시키고 자신마저 파멸하게 되죠. 괴테는 이런 인간의 본성을 끄집어내어 위대한 역작을 만들어냈습니다. 파우스트라는 인물로 대변되는 인간의 어두운 욕망을 적나라하게 드러냈죠. 괴테는 파우스트를 24살에 기획하지만 작품의 완성까지 무려 60년이란 세월이 걸립니다. 정말 대단하죠? 작품의 완성까지 워낙 오랜 시간이 걸리다 보니 파우스트 2부가 세상에 나온 지 1년 후 괴테는 세상을 떠나요. 한 작품을 일생 동안 쓴다면 과연 무슨 일이 생겼을까요? 아마 쓰는 기간 동안 겪었던 삶의 경험들이 작품에 녹아들어 그 깊이를 더하고 철학을 더했겠죠. 파우스트가 가진 힘은 괴테의 전 생애가 담겨 있기 때문일 겁니다.

　　괴테가 살던 독일은 종교개혁이 시작된 나라인 만큼 기독교적 배경이 깔려있는 나라입니다. 파우스트 또한 기독교적 사상이 바탕이 된 소설이에요. 이야기의 시작부터 등장하는 악마와 하나님의 내기에 관한 설정만 봐도 알 수 있거든요. 괴테는 주인공 파우스트처럼 한때 유명세와 함께 세속적인 삶을 살았던 인물입니다. 아마 자기 경험을 통한 깨달음이 파우스트에 고스란히 들어있겠죠. 사실 문학의 기본 재료는 자기 삶이니까요.

텍스트 포인트 읽기

파우스트는 총 2부작으로 되어 있습니다. 1부는 늙은 과학자 파우스트에게 메피스토펠레스라는 악마가 접근하여 젊음과 향락의 대가로 파우스트의 영혼을 두고 거래합니다. 여기서 중요한 건 메피스토펠레스가 파우스트의 영혼을 거래하는 이유인데요. 파우스트의 타락을 두고 창조자와 악마가 내기를 하죠. 처음엔 악마가 이기는 것 같지만 결국 하나님의 승리로 결말이 나는데요. 굳이 이런 내기를 등장시킨 배경에는 앞서 말했듯이 기독교적 사상이 바탕이 된 것과 더불어 인간의 욕망이란 신이 인간을 만들 때부터 시작되었다는 기원을 말하려고 하는 거죠. 거기에 더해 중세를 거쳐 힘을 잃었다고 생각한 교회가 여전히 사람들의 일상에서는 힘을 발휘하고 있었어요. 좀 더 정확히 말하면 종교의 힘이겠죠.

이렇게 종교적인 색채가 진한 작가가 또 한 명 있죠. 바로 러시아 대문호 레프 톨스토이입니다. 괴테와 같은 19세기 작가이지만 괴테가 19세기 전반에 활동한 작가라면 톨스토이는 19세기 후반에 활동한 작가입니다. 1885년에 발표한 '사람은 무엇으로 사는가'와 다음 해인

1886년에 발표된 '바보 이반'은 모두 하나님이 등장하는 소설이죠. 그 외 톨스토이의 단편에는 기독교적 색채가 강하죠. 16세기 종교개혁과 산업혁명과 과학 혁명을 지나왔어도 인간에게 종교란 결국 존재에 대한 질문으로 이어지기에 영원히 사라지지 않는 물음표입니다. 종교는 신석기 시절부터 화성에 가려는 21세기인 지금까지 인간을 휘어잡고 있어요. 물론 모든 사람은 아닙니다. 하지만 여전히 많은 사람이 종교 앞에 무릎을 꿇고 머리를 조아리고 있습니다. 그것이 실체이든 그렇지 않든, 진리이든 아니든 간에 인간에게는 그런 것의 진위는 이제 더 이상 중요하지 않아 보입니다. 인간은 그저 의지하고 싶은 대상이 필요한 겁니다. 왜일까요? 인간의 불완전성 그리고 죽음의 공포는 여전히 남아있기 때문이겠죠.

파우스트 1부는 파우스트가 메피스토펠레스와의 계약으로 젊음을 얻고 그레트헨을 유혹하는 데서 시작해요. 하지만 그레트헨은 자신을 걱정하는 오빠 바렌틴의 죽음으로 충격을 받죠. 거기에 파우스트가 준 수면제를 너무 많이 먹은 어머니마저 죽게 됩니다. 그레트헨은 자신이 사랑하는 파우스트가 오빠와 어머니를 죽음에 이르게 했다는 걸 알게 된 후 자신이 낳은 아이를 죽이고 미쳐버리게 됩니다. 파우스트는 그레트헨을 구하고자 하나 그레트헨은 도움을 거절하고 죽게 됩니다. 하지만 그레트헨은 하나님의 구원받게 되죠.

2부는 이야기의 전개가 조금 당황스럽기도 한데요. 먼저 파우스트의 조수였던 바그너가 만든 인조인간 호모쿨룬스가 등장합니다. 그리고 바그너의 도움으로 황제가 요청한 그리스 신화 인물인 헬레네를 불러내게 되죠. 파우스트는 헬레네와의 사이에서 오이포리온이라는 아이도 낮죠. 하지만 마치 이카루스처럼 하늘을 향해 날아오르다 죽게 되고 헬레나는 결국 연기처럼 사라지죠. 마치 신화와의 콜라보를 만들 듯 파우스트는 신화 속 인물과 관계를 맺어요. 그 후 파우스트는 황제의 충신이 되어 권력과 출세를 하게 되고 세상을 위해 열심히 일합니다. 하지만 이쯤에서 파우스트는 변하게 됩니다. 늙고 병든 파우스트는 더 이상 자신의 욕망이 아닌 다른 사람들을 위한 삶을 살기 시작합니다.

파우스트는 세상에서 맛본 온갖 쾌락이 무의미하다는 걸 깨닫게 됩니다. 이후 그의 일은 다른 사람을 돕는 일을 하게 되는데요. 결국 죽음을 맞게 된 파우스트를 데려가려는 메피스토는 뜻을 이루지 못합니다. 결국 죽음을 앞둔 파우스트는 그레트헨의 도움으로 구원받는다는 내용으로 끝납니다. 파우스트 2부에 등장하는 인조인간이나 신화적인 차용은 괴테가 무려 76세에 쓰기 시작한 소설입니다. 인생 말년에 파우스트가 보고 느낀 삶은 정말 많이 달랐을 겁니다. 게다가 산업혁명 이후 변해가는 세상은 그야말로 괴테에게 다른 것을 많이 생각하게 했겠죠.

'파우스트'는 인간의 선과 악에 대해 다룬 이야기입니다. 인간의 본성은 선할까요? 악할까요? 인류는 늘 궁금해 왔지만 결국 얻은 해답은 인간의 본성에는 선과 악이 함께 있다 정도일 겁니다. 인간을 부추기는 욕망과 악행을 통해 보는 선은 더 빛나고 아름답죠. 파우스트의 방황도 결국은 선한 영혼이 되어서 멈추게 되죠. 인간의 본성을 훑고 지나가는 괴테의 통찰력이 담겨 있기에 파우스트는 오래도록 명작으로 남아 있는 거겠죠.

요한 볼프강 폰 괴테는 고전주의 작가에 속하는데요. 독일 도시 바이마르는 고전주의 문학의 중심이었습니다. 그래서 바이마르를 기준으로 고전주의를 이전과 이후로 나누기도 하는데요. 괴테는 26살에 바이마르 공국에서 공직을 수행했기 때문에, 괴테의 고전주의는 바이마르 공국에서 영향을 받았습니다. 문학에서 고전주의는 고대 그리스와 로마의 고전을 모방하거나 발전시키는 문학운동입니다. 왜 파우스트 2부에 그리스 신화가 들어있는지 이제 이해가 될 겁니다. 괴테 이후 문학은 낭만주의로 이어집니다. 인간의 자유와 절대 군주체제에 반대하는 사상이 문학으로까지 이어지죠. 낭만주의 문학은 빅토르 위고의 레미제라블을 비롯해 반항적이고 혁명적인 동시에 퇴폐적이고 감상적인 문학사조로 이어집니다. 문학은 시대의 흐름에 맞추어 그에 맞는 이야기를 세상에 내놓게 되는데요. 인문학은 이렇게 서로의 모습을 비추고 새롭게 만들며 문화의 흐름과 색깔을 만들어내게 됩니다.

20세기에 들어서면서 문화예술은 더욱 다양성을 띠게 되는데요. 문학도 마찬가지입니다. 카뮈나 샤르트르를 비롯한 실존주의 문학은 인간의 개성을 중시하는 다양성에 초점을 맞추게 됩니다. 그러다 세계대전 이후 아주 중요한 학문이 등장하죠. 바로 심리학입니다. 지그문트 프로이드와 칼 융을 비롯한 심리학은 집단적인 개념에서 벗어나 인간 개인의 마음에 조명을 비추게 됩니다. 더 이상 전체주의로는 인간을 이해하기 어려워졌고 인간에 대한 이해는 새로운 관심사로 떠오르게 되죠. 이후 심리학은 문학에 깊은 영향을 주었습니다. 21세기에 들어서 심리학은 더욱 중요한 학문이 되었죠.

질문 꺼내 읽기

어떤 대가가 따르는 제안일지라도 하고 싶은 일이라면 받아들이시겠습니까?

파우스트는 악마에게 영혼을 팔겠다는 거래를 하면서까지 원하는 것을 얻고자 했습니다. 이런 파우스트는 인간의 욕망을 대변하는 인물이기도 하죠. 돈을 얻는 대신 감옥에 가는 것도 마다하지 않겠다는 사람들이 더 많다는 사실만 봐도 인간에게 악마의 제안이란 여전히 유효한데요. 하지만 실제로 이런 제안이 온다면 그걸 진짜로 받아들이는 실행을 하는 사람은 생각보다 많지 않을지도 모릅니다. 앞서 설문한 문항에서 감옥이 아니라 죽음이라면 절대 받아들이지 않으려고 하겠죠. 세계적으로 반응이 뜨거웠던 오징어게임에서 죽음 앞에서 뛰쳐나가려던 사람들이 돈을 눈앞에서 보자 죽음을 불사하겠다고 나서는데요. 영화에서 그린 가정이 현실에서는 조금 다를 수도 있겠죠. 단지 영화는 탐욕의 무서움을 보여주고자 내세운 설정이니까요. 파우스트도 마찬가지로 욕망을 극대화시켜 보여준 면이 없지 않아 있죠. 그만큼 욕망의 크기가 크다는 걸 말하고자 했으니까요. 하지만 어떤 대가인지에 따라 인간은 다른 선택을 할 거란 가능성 또한 큽니다. 이런 걸 가능하게 하는 건 모두 인간이 가진 양면성 때문이죠. 인간은 지극히 생물학적인 존재인 동시에 지극히 관념적인 존재이기도 하니까요. 그래서 우리는 추한 동시에 아름다운 존재죠. 그래서 사랑스럽고요.

02

니체
짜라투스트라는
이렇게 말했다

시대 흐름 읽기

독일 철학자 프리드리히 니체의 '짜라투스트라는 이렇게 말했다'는 1883년에 출간되었습니다. 인문고전 중에 꼭 한번은 읽어야 할 책으로 알려졌지만, 쉽게 읽기 어려운 책 중의 하나이기도 하죠. 제목에 등장하는 짜라투스트라는 고대 페르시아 종교 조로아스터교의 예언자 조로아스터를 말하는데요. 짜라투스트라는 역사 인물이라고 하지만 별로 알려진 바는 없어요. 조로아스터교는 고대 페르시아의 종교였습니다. 조로아스터가 세계 역사에서 중요한 이유는 이전의 다신교 개념에서 유일신 개념과 선과 악의 개념을 처음 도입한 종교이기 때문인데요. 현재 존재하는 종교의 기본 개념이 바로 조로아스터교에서 시작되었다고 해도 과언이 아니죠. 니체는 인간의 존재에 대한 근본적인 통찰을 한 철학자였습니다. 19세기 독일에서는 임미누엘 칸트의 관념론을 이어받은 헤겔을 시작으로 마르크스와 니체까지 유난히 걸출한 철학자들이 등장했는데요. 이후 20세기 대표 철학자 '존재와 시간'의 하이데거에 이르기까지 독일은 철학 학계에서 늘 중요한 위치에 있어왔죠.

독일 역사

독일은 역사적으로 오랫동안 신성로마제국이었어요. 962년에 오토 1세가 황제의 자리에 오른 지 844년만인 1806년 신성로마제국은 막을 내립니다. 로마 교황으로부터 로마 제국이라는 이름을 부여받은 순간부터 신성로마제국은 기독교 사상의 영향권 아래 오래도록 있어왔죠. 신성로마제국이 사라진 이후, 북동쪽으로 국경을 맞대고 있었던 프로이센은 오스트리아와 프랑스와 전쟁을 치르며 1871년 독일 제국이 됩니다. 이렇게 독일 제국은 연방 제국으로서 북동쪽의 프로이센과 중남부의 독일로 이루어졌어요. 유럽의 지도를 보면 독일을 기준으로 남쪽에는 스위스와 오스트리아가 있고, 서쪽으로는 프랑스와 벨기에, 그리고 네덜란드가 있습니다. 또, 북쪽으로는 덴마크와 북동쪽으로는 체코와 폴란드와 국경을 맞대고 있죠.

이런 지리적 여건 때문에 서유럽 국가들은 서로의 영역을 뺏고 빼앗기는 복잡한 역사를 가지고 있죠. 특히, 우리가 잘 알고 있는 알퐁스 도데의 '마지막 수업'에 등장하는 알자스·로렌 지역은 프랑스였다가 1871년 독일 제국이 형성되던 해에 독일로 병합이 됩니다. 이 소설은 프랑스어로 수업하는 마지막 수업을 다루고 있죠. 물론 알자스와 로렌은 2차 세계대전 이후에는 다시 프랑스 영토가 되었죠. 독일 제국은 1918년 1차 세계 대전의 패배 이후 해체됩니다. 이후 가장 단순하게 정리하면 독일 연방이었던 빈은 오스트리아로 프라하는 체코가 되죠. 이렇게 유럽 각국의 역사는 서로 시기와 지리가 얽혀있어서 복잡해요. 지금 오스트리아 빈과 체코의 프라하는 원래 독일 연방이었거든요.

산업 근대화와 허무주의

　　니체 사상의 바탕인 허무주의는 사실 아주 오랜 역사를 가지고 있습니다. 어쩌면 인간이 사유하기 시작한 그 순간부터 시작되었을지도 모르죠. 고대 그리스 시대부터 시작된 산다는 것의 불완전함은 죽음의 공포와 더불어 늘 우리 곁에 있어왔죠. 그러다 허무주의가 표면 위로 드러나 확산된 시기가 있는데요. 바로 근대 이후 산업혁명이라는 새로운 세상을 맞이하게 되면서입니다. 산업혁명 하에서 인간은 기계의 부품처럼 취급당했죠. 살기 팍팍한 건 중세나 마찬가지였지만 기독교 사상의 몰락은 조금 다른 의미를 가집니다. 신의 날개 아래에 있을 때 갖지 못했던 불안과 회의가 사람들 사이를 누비고 다니기 시작한 겁니다. 사람들은 삶의 중심을 쉽게 잃고 흔들렸어요. 이런 사회적 분위기를 타고 19세기 후반 니체로부터 시작된 허무주의는 20세기에 빠르게 퍼져나가게 돼요. 20세기는 초반부터 시작된 세계 전쟁으로 얼룩진 시간을 보내죠. 전쟁의 참상과 인간 생명의 가벼움은 니힐리즘이 퍼져나가기에 너무도 적절한 환경이었던 거죠.

니힐리즘의 극복

　　하지만 니체의 니힐리즘은 좀 다릅니다. 허무하기 때문에 오히려 능동적으로 자기 '의지'를 가지고 삶을 살아야 한다는 니힐리즘의 극복이 담겨 있습니다. 니체하면 많이 알려진 '권력에의 의지'는 쉽게 말하면 중세부터 시작된 종교의 권력을 비롯한, 자신을 구속하는 모든 정치적 · 사회적 권력을 의미합니다. 니체는 이런 권위에 도전하고 극복하여 넘어설 것을 주장한 거죠. 말하자면 그냥 사는 것이 아니라 살아내야 하는 거죠. 이런 니체의 사상은 20세기 카뮈와 샤르트르의 실존주의로 이어졌고 21세기인 지금까지도 여전히 유효합니다. 자본주의로 돈은 많아지고 기술의 발달로 일상은 편리해졌지만 인간들은 어딘가 허전합니다. 인생의 목적이 무엇인지 갈팡질팡하죠. 여기저기서 기존 종교를 대신하는 사이비 종교도 판을 칩니다. 우리는 어디로 가고 있는 것일까요? 이런 현대인들의 불안심리를 대변하는 심리학과 자기 계발은 현대인들을 허무에서 끌어올려 삶의 무대에서 잘 살아내라고 다독이며 독려하고 있죠.

　　니체가 활동하던 19세기 후반의 유럽은 식민지 정책과 제국주의와 더불어 유럽 국가들끼리 벌이는 영토전쟁으로 인해 불안한 시대였습니다. 게다가 20세기로 들어와서는 초유의 세계전쟁이 벌어져 여러 국가가 전쟁 중인 상태가 되죠. 이후 1차 세계 대전이 끝나자 세계는 대공황으로 자본주의 세상에 대한 전면적인 수정이 불가피하게 됩니다. 무엇보다 19세기 후반 에디슨부터 20세기 아인슈타인까지 이어진 과학 기술의 발달은 첨단 살상 무기까지 만들게 되고, 기어이 2차 세계대전이라는 참혹한 결과를 가져옵니다.

텍스트 포인트 읽기

'짜라투스트라는 이렇게 말했다'는 한 위대한 자의 삶을 기록한 형식을 취하고 있어요. 모두 4부로 이어져 있는데요. 1부만 짜라투스투라의 설교라고 소제목이 있고 나머지는 챕터 제목으로 되어 있어요. 본문 텍스트 내용 자체는 마치 소설처럼 읽기에 부담스럽지 않습니다. 하지만 문장은 쉬운데 마치 암호를 걸어 놓은 것처럼 그냥 읽으면 아무것도 찾을 수가 없다는 게 함정이죠. '짜라투스트라는 이렇게 말했다'는 해석이 필요한 문장들로 가득합니다. 단어에 숨어있는 뜻이 많아서 그냥 읽기보다 먼저 니체의 사상에 대해 사전 정보가 먼저 필요한 책이에요. 물론 니체 사상을 제대로 이해하기란 더 어렵지만 가능하면 쉽게 풀어보도록 할게요.

먼저 30살에 산으로 들어가 수행하던 짜라투스트라가 10년 동안의 지혜를 나누어 주고자 산에서 내려오는 것으로 시작하는데요. 짜라투스트라는 가장 먼저 시장에 도착해서 사람들에게 말합니다.

───── "그대들에게 초인에 대해 가르치겠노라. 인간은 초극되어야 하

는 존재이다. 그대들은 인간을 뛰어넘기 위해 무엇을 했는가?"

니체는 대뜸 사람들에게 질문부터 쏟아내죠. 그러면서 인간이 원숭이를 보는 것처럼 초인이 보는 초극되지 않은 인간은 원숭이와 같은 존재일 뿐이라고요. 그만큼 초인과 인간의 차이가 크다는 걸 말하고 있습니다.

초극사상

시작부터 등장하는 니체의 초인 사상은 본문을 끌고 가는 중심이에요. 초인이란 인간을 넘어선 존재인데요. 니체는 인간이란 자신의 존재를 초월하여 극복하여야 한다고 주장하죠. 그러면서 가장 유명한 문장이 등장하죠. '신은 죽었다.' 이전까지 영혼을 높게 올려놓고 육체를 낮게 내려놨던 것은 사라져야 한다고 말합니다. 짜라투스트라는 악마도 없고 지옥도 없으며 인간은 육체보다 영혼이 먼저 죽을 것이니 두려워할 것이 없다고 말합니다. 고대 그리스시대부터 이어져 온 형이상학을 비롯해 선과 악의 존재와 종교적인 관념들을 버려야 함을 시작부터 풀어 놓고 있어요. 그러면서 인간이란 동물과 초인 사이에 놓은 하나의 밧줄이라고 말하죠. 1859년에 나온 다윈의 진화론처럼 인간이란 진화 과정 속에 있는 존재일 뿐이라고 종교적 인간관에 대해 부정하고 있죠. 그래서 니체의 초인 사상은 영적인 존재로의 진화를 의미하는 게 아니라 아무것도 없는 허무한 삶이지만, 자신을 극복하여 초월하는 인간을 말합니다.

세 가지 변화

짜라투스트라는 이어 정신의 세 가지 변화를 알려주겠다고 해요. 변화의 단계는 정신이 낙타가 되고, 낙타가 사자가 되고, 사자가 어린아이가 되는 건데요. 먼저 정신은 무거운 짐을 지고 사막으로 들어가는 낙타처럼 자신의 사막으로 들어간다고 하는데요. 이건 정신이 무거운 짐을 지는 상태가 되는 걸 말해요. 두 번째는 사막에서 변화가 일어난다고 하죠. 사막에서 정신은 사자가 되는데요. 왜냐하면 자유를 쟁취하고자 하기 때문입니다. 자유를 얻어 사막의 주인이 되고 싶어 하죠. 그래서 용과 필사적으로 싸운다고 나와요. 사막은 자신의 정신세계를 의미하고 용은 자신을 억누르는 것들이죠. 예를 들면 사회적인 책무처럼 살아가려면 해야만 하는 것들이 있죠. 그런 것들과 싸우면서 정신은 사자가 되는데 사자란 자유로운 존재를 말합니다. 이 사자는 다시 어린아이가 되어야 하는데요. 어린이는 그야말로 아무것도 모르는 순수한 상태를 의미하고, 새로운 시작입니다.

권력에의 의지

권력에의 의지 또는 힘에의 의지에 대한 내용은 니체 사상에서 중요한 핵심 개념인데요. 먼저 자기 내면에는 상처를 입지 않으며 단단한 바위마저 깰 수 있는 것이 존재하는데 그것이 '나의 의지'라고 표현합니다. 그러면서 삶이 있는 곳이라면 그곳엔 의지도 있다고 말하죠. 여기서 중요한 핵심은 니체가 말하는 의지가 삶의 의지가 아니라 권력에 대한 의지라는 건데요. 니체가 말하는 힘(권력)이란 인간에게 영향을 미치는 것들을 통칭하는 개념입니다. 단순히 국가나 집단이 가진 권력이나 힘이 아니죠. 인간은 태어나 무언가를 향한 의지로 살아가게 되는데 그건 힘을 가지고 있죠. 그 힘은 형이상학적일 수도 있지만 물리적일 수도 있는 겁니다. 무엇이든 간에 인간을 이끄는 강력한 힘이 있는 것들을 말합니다. 인간은 태어나는 순간부터 자신을 더 나은 존재로 만들기 위해, 자신보다는 더 나은 무언가를 향해 달려가는 존재들이니까요.

영원회귀 사상

니체는 삶은 마치 원처럼 영원히 반복된다고 말하고 있는데요. 본문에서는 존재의 수레바퀴는 영원히 회전하는데 영원의 길은 곡선이라면서 영원회귀를 언급합니다. 하지만 니체의 영원회귀는 윤회사상과는 달라요. 윤회는 환생하여 새로운 삶을 다시 살아가는 거지만 니체의 영원회귀 사상은 같은 삶이 반복된다는 거예요. 그래서 어찌 보면 새로운 가능성이 없기 때문에 참 허무하죠. 그런데 니체는 그렇기 때문에 오직 그 순간에 충실해야 한다고 주장했어요. 영원회귀 사상에는 다시 시작할 수 있는 사후세계가 있을 수가 없어요. 그래서 인간이 피안 즉, 해탈에 도달할 수 있다는 걸 부정하죠. 배후 세계론자로 부르는 종교가 주장하는 내세를 부정합니다. 니체는 선과 악에 대해 말하는 것을 비웃으라고 해요. 또, 니체는 세상은 오물로 가득 차 있으니 사회계약을 믿지 말고 파괴하라고 하죠. 국가는 모든 사람이 천천히 죽어 나가는 자살을 삶이라고 부르는 곳이라고 하거든요. 이런 주장들을 통해 니체는 도덕이나 관습을 철저히 부정한다는 걸 알 수 있어요.

아모르 파티, 자신의 운명을 사랑하라.

니체는 자신을 얽매는 국가나 체제, 그리고 관습이나 종교, 어떤 관념이나 도덕도 부정하고 오직 매 순간 새로 시작되는 존재로 살아가라고 합니다. 그러면서 짜라투스트라는 위대한 정오를 맞이하라고 합니다. 위대한 정오는 인간이 동물과 초인의 중간에 서서 저녁으로 향하는 자신의 인생을 최고의 희망으로 축복하는 시간입니다. 이건 무얼 의미하는 걸까요? 인간은 단지 진화한 생물학적인 존재로서, 죽음을 향해 가는 자신의 인생을 희망으로 껴안는 순간을 말합니다. 정말 위대한 깨달음 아닌가요? 이렇게 니체는 자신의 인생을 받아들이는 긍정의 인식을 보여줍니다. 짜라투스트라는 인간에게 초인에 대해 알리는 자이고, 영원회귀를 가르치는 자이고, 동시에 그것이 짜라투스트라의 운명입니다. 니체는 자신의 운명을 받아들이고 자신의 길을 가는 짜라투스트라를 통해 자신의 운명을 받아들이고 사랑하라고 말하고 있어요. 이게 바로 '아모르 파티'입니다. 인간의 유한한 삶을 극복하고 각자 자신의 운명을 껴안고 희망을 노래하라는 겁니다.

20세기 전쟁의 서막

니체를 끝으로 기원전 고대 그리스에서부터 중세를 거쳐 근대 19세기에 이르는 인문고전을 살펴봤습니다. 역사 분류상 1914년 제 1차 세계대전을 기준으로 현대로 넘어갑니다. 니체가 '짜라투스트라는 이렇게 말했다'를 낸 지 30년 후 인류는 세계 전쟁이라는 거대한 소용돌이에 휘말립니다. 19세기 제국주의의 거대한 탐욕은 식민지를 만들며 학살을 자행하였고, 20세기 초에는 두 번의 세계 대전으로 인해 인간성이 말살되는 비극을 겪었습니다. 20세기 중반은 자본주의와 사회주의로 나뉘어 서로 반목하는 대립의 시대였고, 20세기 말에는 자본주의가 주류가 되는 세상을 맞이하였지만, 여전히 갈등과 다툼은 끊이지 않고 있죠. 인간은 아름다우면서도 추한 존재라는 말처럼 인류는 발전과 파괴를 동시에 이루며 21세기를 맞이했습니다.

21세기에 들어선 인류는 정보통신 기술(information technology)의 획기적인 발달로 인해 새로운 시대를 맞이하게 되었는데요. 전혀 예측하지 못했던 초연결 세상은 우리를 다른 세계로 이끄는 듯합니다. 스마트폰이 보여준 세상은 이전에는 경험하지 못한 것들을 경험하게 해주었죠. 하지만 지금 우리는 기술 혁명의 매력에 빠지기보다 지구 환경위기나 질병에 대한 현실적인 문제에 더 집중해야 하죠. 이렇게 세상은 엄청나게 달라졌음에도 인문학이 걸어온 길은 여전히 우리에게 많은 것을 말해주고 있습니다. 우리의 일상은 달라졌지만 삶의 본질은 변하지 않았으니까요. 우리는 여전히 웃고 고민하는 인간이거든요. 바로 이것이 우리가 지금 니체를 말하고 있는 이유입니다.

질문 꺼내 읽기

메멘토 모리와 아모르파티의 공통점은 인간의 유한성인데요. 과연 인간에게 무한성이 주어질까요?

　　'특이점이 온다'의 저자 레이 커즈와일이나 알라딘 창업자 제프 베이조스를 비롯한 실리콘 벨리의 갑부들은 영생 프로젝트에 막대한 자금을 쏟아 붓고 있는데요. 이들의 목표는 오직 하나 생체시계를 되돌려 영원히 사는 겁니다. 물론 지금 이순간에도 지긋지긋한 삶을 끝내는 분들도 있죠. 하지만 세계적인 갑부가 아니더라도 대부분의 사람들은 오래 살고 싶어하죠. 그런데요, 착한 사람도 죽지만 나쁜 사람도 죽는다는 이 단순한 진실이 때로 위안이 되지 않나요? 세상을 위험에 빠뜨리는 존재들이 죽지 않는다면 그건 정말 최악의 시나리오일 테니까요. 유일하게 인간에게 공평한 것은 죽음밖에 없다는 말이 어쩌면 다행일지도 모릅니다. 그럼에도 우리는 영생을 꿈꿉니다. 우리에게 무한성이 주어진다면 세상은 어떻게 될까요? 좋은 점 보다는 나쁜 점이 더 많은 듯한데요. 왜냐하면 지구는 유한하기 때문이죠. 우리가 지구에서 사는 많은 인간들이 영원토록 소비한다고 생각하면 지구는 과연 견딜 수 있을까요? 인간은 많은 에너지를 소비하며 살고 있으니까요. 오히려 순진하게도 그저 죽음이 두려워서 진짜 두려운 현실을 외면하는지도 모르겠네요. 생로병사, 이 단어는 어쩌면 인간에게 그리고 지구에게 축복인지도 모릅니다.

03

알베르 카뮈
이방인

시대 흐름 읽기

　　알베르 카뮈의 소설 '이방인'은 1942년 세계 2차 대전이 한창 벌어지고 있던 시기에 출간되었습니다. 알베르 카뮈는 북아프리카 알제리에서 태어났지만 프랑스 사람입니다. 당시 알제리는 프랑스 식민지였기 때문에 카뮈의 부모님들처럼 많은 프랑스인이 알제리에서 살았거든요. 이방인이 나오던 당시 프랑스는 독일이 점령하고 있었고, 카뮈는 독일에 저항하는 프랑스 지하조직인 레지스탕스 활동을 했을 정도로 저항의식이 강했던 사람입니다.

　　2차 세계 전쟁 중임에도 불구하고 이방인은 출간되자 사람들에게 많은 관심을 받았는데요. 당시 사람들에게 '이방인'은 낯설지만 어쩐지 끌리는 이야기였던 거죠. 이후로도 '이방인'은 사람들에게 오랫동안 사랑 받는 작품이 되었는데요. 그 이유는 바로 작품에 깔린 실존주의 때문입니다. 20세기 현대인에게 국가나 이념 또는 종교보다 '나는 어떤 사람인가'라는 화두가 더 중요하게 되죠. 19세기 후반부터 20세기에 걸쳐 많은 전쟁을 치르며 사람들은 국가라는 커다란 체제가 이끄는 대로 끌려다녔죠. 적이 분명한 전쟁에 나가 싸워야 한다면 나갈 수밖에 없었죠.

하지만 수많은 목숨이 희생당하는 전쟁을 치르면서 사람들은 회의에 빠지게 되죠. 전쟁이라는 참혹한 현장을 건너온 사람들은 정신은 피폐해지고 허무가 밀려들었죠. 점점 더 많은 사람이 이런 질문을 하게 됩니다. 왜 이렇게 살아야 하는 거지? 어떻게 살아야 하는 걸까?

어쩐지 니체가 떠오르지 않나요? 이전의 역사의 흐름 때문에 19세기 이후 20세기 초에 걸쳐 허무주의 니힐리즘이 급속도로 퍼지게 됩니다. 그러면서 사람들은 이제 거울 앞에 서서 자신을 바라봅니다. 그리고 타자와 세계에 대한 관심을 거두고 이제 자신을 바라보게 되죠. 거울 앞에서 우리는 질문합니다. '나는 누구인가?', '나는 어떻게 살아야 하는가?' 1942년 인간의 개별적인 가치보다는 전체적이고 집단적인 가치에 매몰되어 가던 주검 더미 속에서 카뮈는 실존을 끌어올립니다.

실존주의의 등장

실존주의를 설명하는 가장 유명한 문장이 있는데요.. '실존은 본질에 앞선다.' 너무 철학적인 개념어로 설명하려 들면 더 어려워지는데요. 쉽게 풀어서 비행기로 예를 들어 볼게요. 비행기의 본질이 사람이나 물건을 싣고 하늘을 나는 객체로서의 사물이라면, 지금 어느 항로에서 무엇을 싣고 어디로 가고 있는지 구체적으로 명확한 비행기가 바로 실존인 거죠. 다시 말해 인간의 본질이 생물학적인 객체로서의 인간이라면, 무엇을 좋아하고 어떤 생각을 하며 사는 유일한 존재로서의 '나'는 바로 실존인 거죠. 간단히 말해 본질은 인류이고 실존은 글 쓰며 사는 '나'인 거죠.

결국 실존이 본질에 앞선다는 건 내가 살아가는 실체적인 모습이 인류라는 형이상학적인 개념에 앞선다. 즉, 중요하다는 겁니다. 르네상스를 거치면서 사람들은 종교에 얽매이던 인간에서 자유롭게 존재하는 인간에 대해 고민을 하게 됩니다. 그동안 신앙에 묶여 있던 인간에겐 질문이 필요 없었죠. 그저 신에게 갈구하고 신에게 다가가기 위한 삶을 살면 되었죠. 하지만 세상이 달라졌습니다. 과학은 우리에게 많은 것을 알려주며 신비로운 현상들이 신의 작용이 아닌 단지 과학적인 자연현상이라는 걸 밝혀주었죠. 그럼 이제 인간은 어떻게 살아야 하는 걸까요? 신에게서 시작되어 신에게로 가는 것이 아니라면, 인간은 어디서 시작해서 어디로 가는 걸까요? 가장 근본적이지만 가장 답이 없는 질문을 인간은 하기 시작합니다.

그런데 카뮈는 이방인을 통해 인간은 스스로 규정하고 만드는 대로 살아간다고 말한 겁니다. 카프카의 변신에서 알베르 카뮈의 이방인에 이르는 실존주의는 익숙하던 관습에서 벗어나도 된다고 말했던 거죠. 뫼르소는 왜 엄마의 죽음 앞에서도 슬퍼하지 않는 걸까요? 주인공 뫼르소의 행동에서 사람들은 낯섦을 발견합니다. 동시에 새로운 욕구에도 눈을 뜨죠. 기존의 관습에 얽매여서 꼭 살아야 할까? 인간이 어디로 가는지도 모르는데 왜 우리가 세상이 만들어 놓은 틀에 맞추어 살아야 할까? 주인공 뫼르소는 제목처럼 이 세계에서 이방인입니다. 왜냐하면 대부분의 사람이 마치 인형처럼 주어진 삶을 살아가지만, 뫼르소만은 세상에 존재하는 불편한 부조리를 알아차린 다른 세계의 사람이기 때문이죠.

텍스트 포인트 읽기

소설의 시작은 뫼르소가 엄마의 장례식에서 보여준 이해할 수 없는 태도에서 시작됩니다. 슬픔보다는 성당으로 들어오는 햇살에 졸음을 먼저 느끼는 그의 무신경함은 낯설다 못해 당황스럽죠. 처음 이방인을 읽었을 때의 충격이 지금도 기억나는데요. 카뮈는 당시로서는 상당히 이상하고 낯선 인간상을 보여주었죠. 그래서 뫼르소는 세상과 섞이지 않는 이방인인 거죠. 장례식에서 돌아온 뫼르소는 동네 사람들이 멀리하는 포주 레몽을 가까이하고 그와 어울립니다. 그러던 어느 날 뫼르소는 레몽과 함께 놀러 간 바닷가에서 햇빛이 너무 눈부시다는 이유로 사람에게 총을 쏩니다. 결국 뫼르소는 감옥에 갇히고 재판받게 됩니다. 그런데 뫼르소는 죄를 회개하라는 목사와 신경전을 벌일 뿐 자신의 죄를 뉘우치거나 회개하는 관습적인 행동 패턴을 보이지 않죠. 뫼르소는 결국 사형을 언도받게 됩니다. 그때 뫼르소는 말합니다.

——— "사람들은 누구나 특권을 가진 존재다. 세상에는 모두 특권을 가진 사람들만 존재하는 것이다. 다른 사람들도 나중에 사형을 선고받

을 것이다. 당신 역시 사형을 선고받을 것이다."

여기서 카뮈는 뫼르소를 통해 죽음을 두려워하지 않는 삶의 자세를 보여주는데요. 뫼르소는 왜 죽음을 두려워하지 않을까요? 그건 죽음마저 자신이 선택하는 문제일 뿐이라는 걸 말하고 있는 거죠. '나는 나를 파괴할 권리가 있다'고 말한 프랑스 여성작가 프랑수아즈 사강도 이런 실존적인 태도를 보여주었죠. 주인공 뫼르소는 인생은 별로 살만한 가치가 없다고 생각해요. 30살에 죽든 60살에 죽든 별로 다를 게 없다고 생각하죠. 하지만 뫼르소는 죽음을 앞두고서야 역설적으로 비로소 살아있는 것의 아름다움을 느끼게 됩니다. 그러던 중 뫼르소는 자신에게 찾아온 교도소 부속 신부와 얘기를 나누다 폭발합니다. 사제는 뫼르소에게 하느님께 회개해야 한다고 말하며 인간의 심판보다 하느님의 심판이 전부라고 하죠.

그러자 뫼르소는 신부에게 당신은 죽은 사람처럼 살고 있고, 살아 있다는 것에 확신조차 없다고 일갈하죠. 여기가 이방인의 핵심입니다. 카뮈는 이제껏 대부분의 사람이 관습적으로 살아왔던 방식에 이끌려 사는 건 진짜 살아 있는 게 아니라고 말한 거죠. 진정 내가 나로 살아 있음을, 이 세상에 실존하고 있음을 느껴야 한다는 거죠. 많은 사람이 살아온 것처럼 교회를 다니고, 기도하고, 국가가 이끄는 대로 전쟁하면서 아무 의미 없이 죽어가는 삶은 무가치하다고 주장하고 있는 거예요. 카뮈는 지금까지 고정되어온 가치관인 영혼을 가진 종교적인 인간의 본질보다 뫼르소라는 사람이 가진 생각과 선택 즉, 실존이 더 중요하다는 것을 강조하고 있는 겁니다. 이게 본질보다 실존이 앞서는 거죠. 뫼르소는 사제에게 퍼부은 그날 오랜만에 엄마를 생각합니다. 엄마는 죽음 가까이에서 자유를 느꼈을 거라고 하면서 뫼르소 자신도 똑같은 감정을 느끼면서 소설은 끝납니다.

카뮈와 샤르트르를 비롯한 20세기 실존주의는 19세기 후반의 니체로부터 시작되었어요. 형이상학적인 영혼의 구원을 믿지 않고 주체적으로 현재에 충실해야 한다는 니체의 사상은 지금 살아있음을 느껴야 한다는 20세기 실존주의로 확장되었습니다. 21세기인 지금까지 심리학이나 철학에 등장하는 '지금 이 순간'은 실존주의에 그 뿌리를 두고 있어요. '지금 여기'에 충실하게 사는 것만이 내가 살아있다는 주체적인 인식의 순간인 거죠.

이방인을 마지막으로 인문 고전 문학을 마치게 됩니다. 알베르 카뮈 이후 현대 문학은 더욱 개인에 집중하고 자아를 찾는 일에 매진합니다. 거기에 복잡해지는 사회 속에서 개인이 어떻게 살아가고 있는지에 대한 이야기들이 펼치게 되죠. 결국 문학은 사람은 무엇인가에 대한 가장 근본적인 질문에서 시작하여 세상 속의 인간은 어떤 존재인가에 대한 이야기입니다.

20세기는 그야말로 문학의 전성기였습니다. 대중매체가 다양하지 않았던 시대에 문학은 사람들에게 아주 매력적이었죠. 문학은 꽤 진지했지만 재미도 있었으니까요. 영화를 비롯한 영상매체가 발달한 20세기 후반에도 문학은 여전히 사람들의 사랑을 받았습니다. 21세기의 다양한 매체들이 만들어내는 콘텐츠에도 스토리를 기본으로 하는 문학이 깔려 있죠. 사실 문학은 우리의 곁에서 잠시도 떠난 적이 없었던 겁니다.

질문 꺼내 읽기

사회에서 다른 사람들과 많이 다른 생활태도는 환영 받지 못하는 듯 합니다. 그들을 인정하려면 무엇이 필요할까요?

세상에는 참 다양한 사람들이 살고 있습니다. 하지만 조금 큰 틀로 보면 대부분은 비슷한 일상을 살고 있죠. 별나게 다른 생활태도를 가진 사람은 생각보다 많지 않죠. 우리는 이렇게 다르게 사는 사람들을 좋게만 바라보는 건 아닌데요. 왜 나와 다른 사람을 인정하는 데 인색할까요? 우선 오래 전 부족생활을 할 때로 거슬러 올라가볼까요? 어느 작은 부족이 있습니다. 그들은 산 속에서 살고 있기 때문에 어두운 색 옷을 입고 머리에도 검은색 모자나 두건을 둘러 외부에서 잘 구별하지 못하도록 하고 있죠. 그런데 마을에 유난히 혼자만 흰옷을 즐겨 입는 사람이 있네요. 머리에도 흰색 모자나 천을 두르는데요. 당연히 촌장을 비롯한 사람들이 그에게 옷 색깔을 다른 부족사람들처럼 입기를 권했지만 그는 말을 듣지 않았어요. 결국 그가 산으로 갔을 때 외부에 노출되었고, 그 부족은 다른 부족에게 침략을 당해 상당한 피해를 입게 됩니다. 결국 부족회의를 통해 그는 마을에서 추방당하게 됩니다. 우리 사회는 부족생활에서부터 발달한 생활태도를 어떤 면으로는 잊지 않고 가지고 있어요. 무리나 집단에서 튀는 생활방식은 모두에게 위험으로 간주하던 관습에서 비롯되었고, 낯선 사람을 경계하는 건 사실 너무나 자연스러운 일입니다. 문제는 세상이 많이 달라졌음에도 여전히 그런 경계가 남아있다는 거죠. 우리가 별종들을 꺼려하는 이유가 이제는 희미해졌으니 그들에게 좀 더 관대해도 괜찮지 않을까요?

참고도서

소크라테스의 변론, 플라톤 저, 문창옥 김영범 역, 서해문집, 2008년

국가론, 플라톤 저, 이환 역, 돋을새김, 2014년

니코마코스 윤리학, 아리스토텔레스 저, 천병희 역, 숲, 2013년

군주론, 니콜로 마키아벨리 저, 신재일 역, 서해문집, 2005년

유토피아, 토마스 모어 저, 박문재 역, 현대지성, 2020년

돈키호테, 미겔 데 세르반테스 저, 열린책들, 2014년

리바이어던, 토마스 홉스 저, 신재일 역, 서해문집, 2007년

주홍글씨, 너대니얼 호손 저, 조승국 역, 문예출판사, 2004년

인간 불평등 기원론, 장 자크 루소 저, 최석기 역, 동서문화사, 2016년

사회계약론, 장 자크 루소 저, 최석기 역, 동서문화사, 2016년

국부론, 애덤 스미스 저, 유인호 역, 동서문화사, 2016년

한 권으로 읽는 국부론, 애덤 스미스 저, 안재욱 역, 박영사, 2018년

청소년을 위한 국부론, 애덤 스미스 저, 김수행 역, 두리미디어, 2010년

올리버 트위스트, 찰스 디킨스 저, 이인규 역, 민음사, 2018년

자유론, 존 스튜어트 밀 저, 박문재 역, 현대지성, 2018년

죄와 벌, 표드르 도스트예프스키 저, 김연경 역, 민음사, 2012년

자본론, 마르크스 저, 김수행 역, 비봉출판사, 2015년

청소년을 위한 자본론, 마르크스 원저, 김수행 저, 두리미디어, 2010년

어머니, 막심 고리끼 저, 최윤락 역, 열린책들, 2016년

허클베리 핀의 모험, 마크 트웨인 저, 김욷공 역, 민음사, 1998년

파우스트, 요한 볼프강 폰 괴테 저, 정경석 역, 문예출판사, 2010년

짜라투스트라는 이렇게 말했다, 프리드리히 니체 저, 사순옥 역, 홍신문화사, 2006년

이방인, 알베르 카뮈 저, 김화영 역, 민음사, 2011년